Sweet Thames
Run Softly

可爱的泰晤士河
轻轻地流

〔英〕罗伯特·吉宾斯◎著绘

张杰◎译

天津出版传媒集团

百花文艺出版社

图书在版编目（ＣＩＰ）数据

可爱的泰晤士河轻轻地流 /（英）罗伯特·吉宾斯著
绘；张杰译. -- 天津：百花文艺出版社，2018.6
ISBN 978-7-5306-7365-2

Ⅰ.①可… Ⅱ.①罗… ②张… Ⅲ.①散文集 – 英国
– 现代 Ⅳ.① I561.65

中国版本图书馆 CIP 数据核字 (2017) 第 290030 号

责任编辑：赵　芳　　　**版式设计**：郭亚红
　　　　　　张　雪　　　　**封面设计**：蔡露滋

出版发行：百花文艺出版社
地址：天津市和平区西康路 35 号　　**邮编**：300051
电话传真：+86-22-23332651（发行部）
　　　　　　　+86-22-23332656（总编室）
　　　　　　　+86-22-23332478（邮购部）
主页：http://www.baihuawenyi.com
印刷：山东临沂新华印刷物流集团有限责任公司
开本：880×1230 毫米　1/32
字数：150 千字
印张：7.75
版次：2018 年 6 月第 1 版
印次：2018 年 6 月第 1 次印刷
定价：48.00 元

可爱的泰晤士！

你轻轻地流，

直到我唱完了歌。

——埃德蒙·斯宾塞《迎婚曲》①

---

① 埃德蒙·斯宾塞（Edmund Spenser，1552或1553—1599），英国文艺复兴时期诗人。长诗《仙后》被视为最伟大的英语作品之一。斯宾塞这行诗的前半句是本书题名的由来，后半句则成了吉宾斯生前最后一部作品《直到我唱完了歌》（ Till I End My Song，1957）的题目。

目录

前　言

在大洋上环游了五万英里，饱览了五大洲风光，有一天我突然意识到，在泰晤士河附近住了十五年，我却从来没想过把这条近在咫尺的河流游览一番。于是，我决定顺流而下，毫无目的地漫游，把千篇一律的旅游指南都抛之脑后，只是把自己一路上所看到的记录下来。我想这样的观光一定会比较纯粹、密集而令人放松。

显然，要做这样的旅行我得有一条船，我需要储物柜搁放显微镜和其他能让旅行更有趣的设备。这条船得有足够的空间以供睡眠，我就是跌倒了它也不会翻的那种。最好是平底的，这样它会比较容易对付那些较浅的水域；最好是用短桨划行的，因为我从小在海边长大，天生就对"捅烂泥"嗤之以鼻。但我问遍了四周，得到的无非这两种答案：一种是这种船顾客不需要，所以没有人造；另一种则是顾客对这种船的需求量太大，所以很难买到。反正都是一个意思，无船可买，于是我就只好自己动手了。

"垂柳"（The Willow）就这样被造了出来，当然，是雷丁大学（Reading University）木工手艺系的休伯特·戴维斯（Hubert

Davis）和诺曼·霍华德（Norman Howard）造出来的①，我和儿子只不过是蹩脚的帮手罢了。其实，我们谁都没有这方面的经验，但是，卡弗舍姆桥（Caversham Bridge）附近莫斯（Moss）船厂的H. J.艾萨克斯（H. J. Izaacs）和弗兰克·皮尔斯（Frank Pearce）将他们多年的经验无偿地传授给我们。动工后十四天，我们就开动了"垂柳"，这时它的吃水能力还是相当有限。

亲爱的读者，请你原谅，我知道在这段旅途中我一直表现得心胸狭窄，言语间多有偏见，我对很多人、很多地方和事件视而不见，尽管它们影响很大、非常重要，但我不是历史学家，我也不想对那些被称之为文明的东西顶礼膜拜。还在少年的时候，我就把很多课外时间花在了寻找那些人迹罕至的地方，希望它们最好是没有路，没有农舍，甚至没有炊烟，没有耕地，没有篱笆；不过中年以后我才在太平洋上那些寂寞的环状珊瑚岛，以及大西洋西部海域杳无人迹的小岛上发现我一直渴望的这种离群索居之地，它们与泰晤士河相距甚远。

在泰晤士河上航行不像在戈灵峡谷（Goring Gap）那么刺激，风景也不那么壮观，但旅途可一点都不单调。每过一英里，河水都会显现出不同的特点，每一座桥、每一个村子、每一个农庄也都各个不同，冬季洪水产生的淤泥甚至肥沃了农庄的牧场。一个

---

① 一九三六年起，吉宾斯受聘于雷丁大学，讲授书装设计。

星期天的晚上，我遇到了一个农庄主，他带我去他家，告诉我他很开心，因为这个农庄属于他，他太喜欢它以至于每天工作十八个小时都不嫌累，妻子则钟爱花园和家禽养殖，夫妻二人生育了四个孩子，都很健康，他对命运再无所求。我看到一些大学教师谈论雪利酒和雪莱，他们很开心。我看到一些劳动者，他们聊的是啤酒和獾，很开心。有时我还会遇到一些垂钓者，他们关注的话题是蝇蛆，他们也很开心。有人说，喜欢遐想的人不可能真正开心，因为他们看到的全是这个世界的苦难。我认为这种说法太悲观了。世界上的确有太多的残暴、疾病与贫穷，但善良、健康与精神富足也比比皆是。街上有一个孩子哭，田野里却有五十个孩子在欢笑；有一只小鸟不幸被鹰抓住了，上百只鸟仍然在林间歌唱。最近一段时间，这个世界再遭邪恶势力突袭，它们就像是火山中沸腾的岩浆，但是我们应当铭记，人类每遭受一次凌辱，世间就会流传许许多多英雄主义的佳话。

罗伯特·吉宾斯

伯克郡，一九四〇年

1

　　我把"垂柳"泊在莱奇莱德（Lechlade），八月一日①上午十点，我来到了位于赛伦塞斯特（Cirencester）西南大约三英里的特鲁斯伯里草原（Trewsbury Mead）。虽然我没带钟表和日历，但在一所农舍里我看到了这两样人类分秒都不能少的东西，它们并列在一起。我还因此打听到了怎样找到河的源头②。

　　"顺着草地的边儿，"老太太告诉我，"一直走，会看到一些蔓生的灌木丛，不过别管它们，接着往前走，然后你会看到一棵

---

① 时为一九三九年。
② 传统认为泰晤士河源出格洛斯特郡（Gloucestershire）赛伦塞斯特镇西南肯布尔村（Kemble）海拔约一百一十米的丘陵地带。此河源一年中大部分时间是干涸的。有人主张，泰晤士河支流彻恩河（River Churn）的源头——位于同郡切尔滕纳姆镇（Cheltenham）正南塞文斯普林斯村（Seven Spring）——应被视为泰晤士河真正的源头。如此，泰晤士河的长度将超越塞文河（River Severn）和香农河（River Shannon），成为英国乃至不列颠群岛最长的河流。

死树，也别管它，还是继续往前走，"她接着说，"有一棵大树，我不知道是不是桦树，但是树上有俩字母 T. H.。旁边有一口井，有人说是罗马人留下来的，这里就是泰晤士河发源的地方。你一定会看到它的。T. H.的意思就是泰晤士的源头（Thames Head），在树皮上刻着呢。"

"要是没找到树，我也能看到水源是吗？"我问。

"井里没有水，"她说，"好久以前有人用石头填上了，这个时候河边的草地也没有水。冬天倒是有很多。"她补充说，"鹅和鸭子都会进去，我丈夫给它们喂食，我儿子则说水太冰了，他才不会把手放进去。"

草原上尽是些野豌豆、车轴草、紫色的圆叶风铃草和黄黄的岩蔷薇，我照着老太太所说的一直往前走，经过灌木丛和枯树时都没有停下来，最后我终于看到了那棵高大的桦树，树皮上那两个大写字母仍然清清楚楚。井就在这棵树前面，两侧都有荆棘丛，上面长满了野生的铁线莲，人们更喜欢把它们称为老人须。在爱尔兰，如果你注意过这种荆棘丛，你可能会看到"小仙人"（wee folk），但在特鲁斯伯里草原你看不到仙人圈（fairy ring）①，倒是有一些巨大的马勃菌，直径在十二到十四英寸间，看起来像

---

① 小仙人和仙人圈见于世界很多文化的神话和民间故事，在爱尔兰尤其丰富。小仙人包括各种类型的身材矮小的仙女和精灵，仙人圈往往被视为有害或危险的地方，虽然有时也带来好运。所谓仙人圈，实际就是菌环——某些种类的蘑菇因条件适宜会在地面排列成弧形或环状。

面团。据说当马勃菌嫩嫩的呈雪白色时，把它们切成薄片，涂上鸡蛋和面包屑，再用黄油煎，是一种非常美味的吃法，不过我到现在还没敢尝试。从桦树后面一直到废弃的泰晤士－塞文河运河（Thames-Severn Canal）岸边，这块干爽的河床长满了蓟和泡沫一样的旋果蚊子草（meadowsweet）①，小兔子们把这里变成了欢快的游乐场。

当年在此刻下"泰晤士源头"，说明这里曾经是有泉水的，它的地位相当于总水管，泉水流入湖中，滋养了两岸疯长的灯心草和香蒲。但现在这井除了一圈松动的石头，什么都没有了，以至于实在很难想象，一千五百多年前罗马军团会在这里弯身喝水，而罗马妇女和孩子们则从这里用罐取水，一直驮到邻近山上的营帐中。

我画画时，一只棕色的松鼠出现在近旁，左右徘徊，俨然一副主人的架势，似乎在询问我正在做什么。我给它解释了我的目的，听完之后它满意地走了。

此刻我就站在河的源头，我的旅行就要由此顺水而下。斯温伯恩（Swinburne）②说，河水在流向大海时会令人感觉乏味，这

① Meadowsweet一词指蔷薇科（Rosaceae）绣线菊属（*Spiraea*）的几种植物，以及同科蚊子草属（*Filipendula*）的旋果蚊子草（*F. ulmaria*）。本书第十八章提到，从这种植物可提取一种黑色染料，而这正是后者的特性。旋果蚊子草含有可生产阿司匹林的化学物质，其旧种名 *S. ulmaria* 是 aspirin 一名的由来。

② 阿尔杰农·查尔斯·斯温伯恩（Algernon Charles Swinburne, 1837—1909），英国诗人、剧作家和文学评论家。

个我可完全不赞同，在我看来，河水流经开满鲜花的草地，越过水坝，在水池边回旋，以及在阳光下慢吞吞地前进，这些都是轻松而愉快的时光。

但在此之前，我得先步行二十英里或者更远，回到泊船的地方。先走过福斯路（Fosse Way）——这条罗马时期修建的大道从林肯（Lincoln）一直延伸到埃克塞特（Exeter）——然后再往下走过那块干爽的河床，最后看到一片勿忘我和水田芥。"水！"我喊道，结果一只泽鸡跑出来了。真的有水，每天都有十五亿加仑的水流入特丁顿（Teddington）水坝，这会儿才是刚刚开始。

再过一会儿，水就会轻轻地流向灯心草，距此一英里左右，一座深水池里长满了繁茂的水生植物。然后，我穿过一座道路桥底下低矮的双拱，又来到一座铁路桥的高大单拱之下。

在这里我碰到一个老人，他坐在河边，脚泡在水里，靴子在身旁放着。那会儿他正整理一大堆东西，有明信片、领扣和铅笔，这都是他要卖的。"你不需要鞋带吗？"他说话带着爱尔兰口音，这让人感觉很亲近。

"你是爱尔兰哪个地方的？"我问。

"我生在都柏林的大街上。"他说。

"你出生在多少条大街上？"我又问。

他看了我一会儿，眼睛亮了起来。"四条，"他说，"我妈的房子在十字路口。"

结果这鞋带花了我一先令。

在埃文（Even）和萨默福德凯恩斯（Somerford Keynes）两个村之间有众多沟渠，旁边还有很多植物藤蔓和荨麻，这无疑给游客增加了不少麻烦，但是从萨默福德再往下走，有一条小路直通到一个树木繁茂的乐园，沿着河流就会到达阿什顿凯恩斯（Ashton Keynes）。酸模、川续断、柳叶菜、紫释战草在岸边争相斗艳，蓝绿色的蜻蜓在百合的叶子间穿梭，它们与那些机警的小甲虫——这里说的是豉甲——飞速掠过水面，在水上回旋。我抓住一只豉甲仔细观察，发现它的后腿是匙状的，豉甲似乎能把每条腿都"覆盖"住，就像划桨高手把他的桨藏在身上一样，所以这小动物对水有一定的抵抗力，怪不得它活动起来会这么灵活而有力。我早就听人说过，豉甲的眼睛是上下平行的，所以它能同时看到水上与水下。

阿什顿凯恩斯的下游，香蒲（bulrush）①很是浓密，几乎看不见水。这些香蒲（rush）②随风起伏，姿态婀娜，像是在炫耀自

---

① Bulrush通常指莎草科（Cyperaceae）莎草属（*Cyperus*）、藨草属（*Scirpus*）等属，以及香蒲科（Typhaceae）香蒲属（*Typha*）和灯心草科（Juncaceae）灯心草属（*Juncus*）诸属植物而言。英国和爱尔兰植物学会（the Botanical Society of Britain and Ireland）推荐此词为香蒲属植物的通用俗名，故本书将之译为香蒲（特别注明者除外）。

② Rush一名，汉译灯心草，一般指灯心草科的八属植物，如灯心草属和地杨梅属（*Luzula*），但也包括其他科属的一些植物，比如香蒲科香蒲属的水烛（狭叶香蒲，*Typha angustifolia*）又叫美洲灯心草，过去归到天南星科（Araceae），今在菖蒲科（Acoraceae）的菖蒲属（*Acorus*）植物菖蒲（*A. calamus*）也叫甜灯心草。灯心草属植物既可称为bulrush，故吉宾斯在此句和下句以rush作为其同义词，但本书他处的rush一词，仍译为灯心草（特别注明者除外）。

己。孤独的绿头鸭①穿上了夏装，从香蒲丛中冒出头来。偶尔，会有一只苍鹭抬起笨重的身体，飞到空中。我正在观察其中一只飞越草地，发现有个男人站在深及膝盖的干草堆里。他头上戴一顶女人的帽子，帽子上还有一层深色面纱；手上则戴一副驾车用的长手套。他的膝盖上下活动，像是在原地踏步。与此同时，他右手还拿着一把笤帚，时不时地向空中做出一些类似砍削的动作。

顺着河水，我来到男人站的地方，正犹豫要不要跟这个看上去疯疯癫癫的家伙搭讪，他却先摘掉帽子，向我点头致意。

"看到那些蜜蜂了吗？"他从干草堆里走出来，向我问道。

"只是在一朵蓟花上看到一只大黄蜂。"我说，希望能让他安心。

"这些小东西真让人受不了，麻烦惹大了，"他说，"我妻子回来后会很伤心的。她骑自行车还没走出四分之一英里，蜜蜂就从蜂巢跑出来了，像锅炉里跑出来的蒸汽一样密密麻麻。我跟你说，我惹到它们了。"

他接着说，蜂房是最近刚买的，虽然他不同意，妻子还是坚持要买，她说即使她不在时蜜蜂跑出来了，他只需要举起蜂箱并摇动蜜蜂们聚集的大树枝就行了。蜜蜂就会自动落到蜂箱里，而他用个麻袋就可以把蜂箱盖住，等她回家来。不幸的是，蜜蜂们

---

① 绿头鸭（mallard），在北半球又俗称野鸭（wild duck）。后文吉宾斯常用这一俗名提及此种水禽。

蜂拥到了这棵树的树枝上。

"驱赶它们就像打仗，像是给马安颈圈。"

摇树没有见效，所以他又试着拿起一把软笤帚，希望能把蜜蜂拂下来，妻子曾告诉他把蜂后抓住了其他蜜蜂就都会跟着。不过显然，这样做导致的后果是蜜蜂围攻了他上千次。

"大冰雹和机关枪都打不走它们，"他说，"真是从来没遇见过这样的场面。我拿干草叉捅它们，要是刚才不那么大意的话，现在我不会弄得这样狼狈。"

蜜蜂冲向他的脚踝，钻进袜子蜇他，他弯下腰把它们轰出来，可它们接着又飞到他的屁股上。他只能赶紧跑到干草堆里，用干草把身子保护起来，然后站在那里干等着这群疯狂的袭击者逐渐消停下来。我到这儿之前他就已经在干草堆里站了足足十五分钟，这会儿他仍然愤愤不已，不停地说着"我恨死这群蜜蜂了"，可惜，就在此时我们都听到了农场里有个女人在大喊："比尔（Bill）！比尔！"她喊的是，"快来啊，这群蜜蜂飞过来了。"

据说在公元九〇〇年，阿尔弗烈德大帝（Alfred the Great）①曾在克里克莱德镇（Cricklade）涉河而过，一个世纪后克努特一

---

① 阿尔弗烈德大帝（849—899），英格兰盎格鲁-撒克逊时期韦塞克斯王朝（871—899）国王，英国历史上第一位真正称呼自己为盎格鲁-撒克逊之王的君主。由于他英勇地统率臣民对抗北欧维京海盗的入侵，被后世尊为阿尔弗烈德大帝，同时也是英格兰唯一一位被授予大帝（the Great）名号的君主。

世（Canute）①也到过这里。传说还称丹麦人在泰晤士河上安排了六十艘船的兵力。对我来说，这种说法很是不可思议，那么多的大船怎么可能航行在这么浅的河上，要知道我连划桨都有些困难呢。不过我回家后查阅了一些资料，发现在一千年前"ship"这个单词不都是指船只，它还有另一种含义，指的是一群人，数量上少于一百，大概是一条船所能容纳的总人数。所以，如果说"北欧海盗带了六十条船，沿泰晤士河而上来到克里克莱德"，那么更准确的理解应该是，一支大约有五六千人的军队驻扎到了这个镇上，因为我们实在没法想象，一支吃水很深的船队能航行在平均水深以英寸计算的河面上。

可爱的泰晤士河轻轻地流

---

① 克努特一世（？—1035），来自丹麦的英格兰国王（1016—1035）、丹麦国王（称克努特二世，1019—1035）和挪威国王（1028—1035），其统治的王国被称为北海帝国。克努特一世是当时西北欧真正的霸主，他使丹麦国势达到鼎盛，史称克努特大帝。

2

　　第二天早晨，地上的露水很重，我继续自己的旅程，目标是莱奇莱德。岸边的一个渔民让我想起了艾萨克·沃尔顿（Izaak Walton）的《高明的垂钓者》（ *The Compleat Angler* ）①："太阳和夏天用了很多苍蝇、虫子和小生物来装饰、美化河岸与草地"，他接着引用了普林尼（Pliny）②，它们（这些生物）"之所以有生命，很多是由于春天时露珠落在了树叶上；有一些则是由于露珠滴在了花草上；还有一些落在甘蓝或卷心菜上：所有这些露珠变浓变厚，凝结成水，借助太阳光的热量，很多小生物开始孵化，

---

① 艾萨克·沃尔顿（1593—1683），英国作家。除最著名的《高明的垂钓者》（或译《钓客清话》）外，也写过一些短篇传记。
② 此处指古罗马作家老普林尼（Gaius Plinius Secundus, 23—79）的三十七卷《自然史》（或译《博物志》，*Natural History* ），一部百科全书式的书籍。

三天后就能获得生命"。他后来又引了一次，"因为虫子是由胶状的露珠生成的，而在乡村露珠又是由阳光凝结而成，所以鳗鱼是由一种特殊的露珠孕育的。为了孕育鳗鱼，五六月份时大自然会在某些池塘和河边专门生成这种露珠；一段时日后，在太阳的光照下，露珠变成了鳗鱼。有些古人将鳗鱼称为朱庇特的后代"。不用说，他引用的这些材料完全是错误的，但值得一提的是，所有鳗鱼都游到加勒比海的这趟旅行——为了繁殖，这一现象已经全面证实——看起来一点都不亚于那些早期哲学家们的想象。

其实不用提艾萨克·沃尔顿或者鳗鱼，我就能想到那伟大的朱庇特。每当我看到蜘蛛网在清晨的阳光下闪闪发光，我就会想到阿拉喀涅（Arachne）和她那展现全能神偷情故事的织锦。可怜的阿拉喀涅，她的名字概括了整个蜘蛛种族——蛛形纲（Arachnida）①。她敢于挑起与雅典娜之间的编织比赛，这的确有点傲慢与放肆，可是她一定受过良好的教育，视野开阔，我们可以从奥维德（Ovid）对她作品的描述中感觉到这一点。在那幅生动的织锦中，每一根线都是经过精心构思的。她不但真实地描绘了朱庇特变成公牛把欧罗巴（Europa）带走，化为天鹅覆在勒达（Leda）身上，变身金雨与达那厄（Danae）交配——此外，朱庇

可爱的泰晤士河轻轻地流

---

① 据奥维德的《变形记》，以纺织著名的吕底亚少女阿拉喀涅为了炫耀自己的技巧，竟不知深浅地向司管手工业的密涅瓦（即雅典娜）发出挑战。竞赛中阿拉喀涅在布上织出了奥林波斯山诸神的恋爱故事，雅典娜大发雷霆，把织物撕了个粉碎。阿拉喀涅惊恐之下上吊自杀，却被雅典娜救活，变成不断吐丝织网的蜘蛛。

特还勾引了很多女孩，只是不那么有名罢了——她还将一些类似的、有代表性的人物，比如海神尼普顿（Neptune）、酒神巴克斯（Bacchus）以及农业之神萨图恩（Saturn）也纳入自己的作品。这幅作品一定是非常精致而华丽的。

沿河漫步时，我心里想的全是阿拉喀涅，对她充满了同情。

在莱奇莱德，我把"垂柳"停在渡口的船坞——除了这里，整条河上都没有提供住宿的地方。不过也是在这里，我碰到了维京人。至少他自己是这么说的，而且他的外表也证明了其所言不虚。他说，这条河归他所有。我第一次看到他时，他正在一条鼓起了大三角帆的船上航行，这条船大概是他三十九年前自造的，是他的第二条船。不能说他的第一条船一定不如现在这第二条坚固，所以我想这船主应该如他的相貌所显示的一样历尽沧桑，令人尊敬。

他给我一些珠鸡斑贝母的种子，这种植物在英国大多数地方都很少见，但在克里克莱德却有很多，他说以前农民往往用这种白紫相间的聚合草治疗结核病，而喝蒲公英茶则会改善肤色。他还说，受伤的十字军战士被一只只驳船运到克里克莱德和莱奇莱德，送进那些奉献给圣约翰（St John）的医院，而泰晤士河上的第一个水闸圣约翰也正是因此得名。他还讲了一些传说和民谣，说话的同时还给我刻了一只柳木的粥勺。这勺子有一个弯曲的把手，所以搅拌时手指不会直接在蒸汽上方；长柄是平的，不用担心去除半熟的燕麦糊时会烧伤手指——只消在锅边上划一下就行了——勺子的底部是个正方形，能充分接触到锅底和四角。在我的请求下，他把他背诵的《大黄蜂与甲虫》(The Harnet and the Bittle) ① 写了下来：

大黄蜂安坐在树洞里，

它心眼坏，大家都很厌恶它，

黄蜂快乐地歌唱，

它的毒刺像剌刀一样锋利，

"谁会像我一样勇敢无畏呢？

我不怕蜜蜂，不怕胡蜂，也不怕苍蝇。"

甲虫也爬上来了

轻蔑地一笑，

它说，"黄蜂先生，谁让您

来到这树上的？

你唱得很不错

但我要告诉您，这是我的地盘。"

---

① 该诗作者不可考，大概问世于一八四三年。原文有一副标题 A Whimsical Satire on Litigation，意为"一部关于诉讼的怪诞讽刺作品"，以英国萨默塞特郡的方言写成。

黄蜂的心感到一阵剧痛，
但是长长的毒刺让它挺直腰板，
它说，"所有人都知道
我比胡蜂和蜜蜂还厉害：
赶紧走开，这棵树是我的了，
粪堆才是你该待的地方。"

这时绿啄木鸟（鸟中的律师）经过
被叫过来给他们评理。
"哈哈，太棒了，"它说，
"它们是多好的美味啊。"
它的喙很尖利，它的肚子恰恰空空如也，
于是一口就把这两个吵闹的可怜虫吃掉了。

尾　声

如欲诉诸法律，
这个小故事应该记住；
不管去哪里起诉，
结果都是一样的。

你会经历这两个小动物的遭遇，

它们夺走你的外套，也会带走你的尸体。①

---

① 原文为：

An Harnet (Hornet) zet (sat) in an oller (hollow) tree,

An a proper spiteful twad (toad) were he,

An er merrily zung while er did zet,

Er sting were as sharp as a baganet (bayonet),

'Ow oo's so bowld and vierce as I?

I vears (fears) nat bee, nar wopse, nar vly (fly).'

A Bittle (Beetle) up thuck (that) tree did clim (climb)

An scarnfully did luk at im,

Zays e, 'Zir Harnet, who give thee

A right to zet in thuck ther tree?

Although thee zings so nation vine (fine)

I tell e - it's a ouse o'mine.'

The Harnet's conscience velt a twinge,

But growin bowld wi his long stinge (sting),

E said, 'it's plain var all to zee

I'm viner var than wopse or bee:

Be aff and lave the tree to me,

The mixen's (dungheap) good enow var thee.'

Just then a Yoccle (green woodpecker, known as lawyer bird) passin by

Was axed by them their cause to try.

'Ha! Ha! It's nation plain,' zays e,

'They'll make a vamous munch for me.'

His bill was sharp, his stummuck lear (empty),

So up e snapped the caddlin (quarrelling) peer (pair).

Moral

All you as be to law inclined,

This leetle story bear in mind,

Var if to lay you ever gwa (go)

You'll vind they allus zarve e zo.

You'll meet the vate o'these yere two,

They'll take yer cwoat and carcus too.

在莱奇莱德有座半便士桥（Halfpenny Bridge），因为这里曾经征收过桥费。这座桥建得很有意思，它的拱顶石没有凿成斜面，全靠摩擦力来支撑。

桥上桥下都在进行挖掘疏浚，看样子已经有一段日子了，两岸都是大堆大堆的沙砾。我靠岸停下，希望能在这里找到一些旧日的遗物，果然没有失望。我发现了很多鹰钩鼻状的贝壳，还有一些年代久远的骨头。"这不是贝壳，"一个乡下人看着贝壳说，"它们是魔鬼的趾甲。"我把贝壳拿给雷丁大学的地质学教授，教授却不同意乡下人的这种说法，认为这是两亿年前就在泰晤士河河谷生存的牡蛎的化石，那时河谷是低于海平面的。他的话似乎证实了阿伦群岛（Aran Islands）上那位老人的说法，当时老人指着岩石上的一个化石，非常肯定地说："上帝问世时它就在这里了。"

但是，说到有关这些贝壳的术语，教授又补充道，科学家们注意到它们的外表是爪状的，因此为其取名卷嘴蛎属（Gryphaea），这个术语与怪兽（gryphon）同源，都有魔爪之意。教授还说，那些骨头来自一些在河谷中漫游的牛，可能是野生的，也可能是半野生的，相比那些贝壳不太古老，大概在几千年前，那个时候正是新石器时代，人们还在用燧石凿制武器。说来也巧，与教授交谈几个小时后，我就在靠近布莱村（Bray）的一条乡间小路上发现了一个新石器时代的石锤。它为什么会出现在这里我不知道，我怎么就能瞧见它这也没法解释，但这个石锤就在我眼前的地面上，其外形和特征都毫无疑问地表明，跟它一样原始的人们曾经用它来制造其他工具和武器。

这种幸运的际遇总会让我想起年少时发生在我身上的一件怪事。当时我大概十二岁，在寄宿学校读书，某个周日我在教堂听牧师讲道。他的口才实在太好，以至于我不但掏出了平时捐赠的数目，还把身上仅存的三个便士也捐了出去。当时这三个便士对我来说可谓意味着一切，结果当最初的感情冲动过去后，我就止不住地后悔，后悔自己如此轻易被感动——即使日后有望得到最终奖赏①，也始终无法完全释怀。第二天学校组织板球比赛，我是三年级学生，任务就是坐在靠近球场的长草地中，给赛场上的英雄们鼓掌加油。我正欢呼得起劲的时候，不经意间向地面上扫了一眼，结果就在离我很近的地方，三个便士一个接一个地擦在一起，就像在银行柜台上一样排得整整齐齐。我马上把这发现报告给学校，但始终都没有认领者，于是我一厢情愿地把这个意外发现理解为上天直接向我传达了一个信息，那就是不管在这个世界上有多少痛苦和贫困，我们在捐赠钱物时都不该超出个人的承受能力。

---

① 原文为 ultimate reward，当指最终审判日上天堂。

3

意大利与泰晤士河相隔甚远，但罗马人却曾在河边留下诸多遗迹——其他文明的影子也是历历可见：维京人的战斧，撒克逊人的矛头，基督教创立以前的刀剑。

我最快乐的时光可不是对着这些昔日战争的遗迹思考，而是在天黑前后的几个小时里，没有任何他人的声音或身影，只有我独自一人待在隐蔽的河边，完全与世隔绝。傍晚的时候，除了牛的用力咀嚼声、呼吸声，莺在芦苇丛中的唧唧声，或者狗鱼浮到水面游动的溅水声，一般很少再有其他声音。而在清晨，麦鸡和鸽子在河面上低低地飞，兔子悠闲地梳妆打扮，苍鹭则带着迷迷糊糊的睡意飞向天空。

日落和黎明并不如我在热带地区所见的壮观，但我记得有一个很特别的早晨，当第一束光线投照到大地上，我随着水流出发了。河水像镜子一样，映出了灰色的天空。我能看到的就是两岸的灯心草和它们的倒影，除了这些，再也看不到其他，每一次转弯，河岸都挡住了我的视线，我觉得自己像是在一个被施了魔法的湖上，这个湖在高高的天上，在世界边缘。几乎听不到任何声音：除了头顶上会传来凤头麦鸡的鸣叫，或者野鸭嘎嘎的欢语。

一个转弯过后，远方有些小山若隐若现，看起来它们远低于地平线，像是在另一个星球上。两岸悄悄地向后退去；无声无息。我在河上随水波而动，与河流一起进入黑洞洞的倒影，然后再迎来银光闪闪。随着黎明悄悄来临，万物开始有了颜色，但我只能辨认出岸上有一些牛的身影——几分钟前，这些动物还只不过是一些黑乎乎的轮廓。这让我想起了打磨石头或者木材——因为这正是风景的纹理逐渐呈现的方式：柳树，偶尔也会有榆树，蓝天反衬下的暗淡光线，两岸比比皆是的黄色千里光和浅色聚合草，一丛丛的紫释战草和柳叶菜正是在它们中间鲜亮起来。

这时一直悄无声息的鱼儿开始浮上水面，咕噜咕噜，这跟晚上听到的鳟鱼与查布鱼（chub）①以一种玩耍的态度一心要把苍蝇淹死而发出的声音完全不同。很快，刚刚在月落时从星空中穿过的云又折回天际，天空变成了绿松石，金色的流光从太阳即将

---

① Chub一名通常指欧洲查布鱼（圆鳍雅罗鱼，*Leuciscus cephalus*）。

升起的地方弥漫开来。再次凝视河水的时候，我正在河谷中顺流而下，而一小时前，我跑出去那么远。终于，黎明来了。

夜幕中的视觉是很奇妙的。很多驾车者都认为天黑后车更好开。记得还是小男孩时我就很好奇为什么晚上自己能随心所欲地骑着自行车爬上山坡。事实是，高度不变的情况下，黑暗带来更短的距离感，所以你意识不到自己爬了实际上要陡峭得多的坡。

这样度过的几个小时让我回想起以前的一段独居岁月。那时正是春天，经过一年世事的折磨，我重新回到活生生的事物当中；周围都是苹果树，枫树上开了金色的花朵，万物复苏。因为是隐居，衣服可有可无。我的脚磨硬了，皮肤晒成了棕色。渐渐地，整个身体都变得活泼而灵敏，思维也同时变得新鲜而充实。在我看来，森林里的这些树和野生动物之间是不可分离的，我与它们之间也是不可分离的，我们的关系如此亲密，就像四肢与它所属的身体的关系，或者树枝与整棵树之间的关系。

虽然是一个人住，我却很少感到孤独。草地里长满了黄水仙，我又种了樱草、洋地黄和黄色的毛蕊花。在我的花坛里，正午有旱金莲盛开，晚上有夜香紫罗兰散发香气。渐渐地，鸟儿也不怕我了，两只斑鸠每天都来登门造访，一对灰色的鹟（flycatcher）①

---

① Flycatcher（翔食雀）指雀形目（Passeriformes）各种可跃飞空中捕食昆虫的鸟类，尤指旧大陆的鹟科（Muscicapidae）和新大陆的霸鹟科（Tyrannidae）鸟类。鹟科主要的属是鹟属（*Muscicapa*），典型的种类是斑鹟（*M. striata*）。本书将之译为鹟。

在我窗户上的屋檐角安家，燕子更是堂而皇之住进了我的画室。

再后来我去找卢埃林·波伊斯（Llewelyn Powys）[①]，我们一起在有草的丘陵地带漫步。有一天晚上，在卢埃林的大床上——他就是在这张大床上出生的——我做了一个梦，梦见自己在乡间小路上散步，两旁高高的橡树遮蔽成荫，鸟儿、松鼠、老鼠、田鼠，还有小昆虫们都一股脑儿地涌到我跟前，带我去它们的窝，它们把遮在上面的树根和树叶拉开，以便让我清楚地看到它们的家园。

---

① 卢埃林·波伊斯（1884—1939），英国小说家、散文家。出身文学世家，两位兄长亦是名作家。

4

在河上漂游的日子里，总有昆虫在船的前后飞动，比如蜜蜂，白粉蝶，翅翼是烟熏色的石蛾，尾部分叉的白色的蛾，叮咬人的蚊虫，还有蜉蝣——蜉蝣的幼虫要先在水下生活一年多，但当它终于得见天日后却只能活几个小时。这些昆虫身体虽小，但是内部结构错综复杂，而这么复杂的身体结构却只能存活一段极短的时间，实在是令人叹惋。还没等到薄纱一般的翅膀变干变硬，它们就又得落入水中，然后在水里漂浮片刻，死去或者准备死去。等到有鱼儿溅水，水面上出现一个越来越大的圆圈，我们就知道这些小昆虫完成了自己的生命周期。

蜻蜓轻快地飞来飞去，有一些身体是黑色的，只在靠尾巴处有少量的天蓝色，另一些身体是天蓝色的，靠尾巴处露出一星黑色。或许这个家族中长得最好看的是豆娘（Agrion），它的身体散发着蓝绿色的金属光泽，透明的翅膀上夹杂着深褐或深黑色。其他的还有青铜色、绿色或紫色，但是这些金属般的光泽会随着光线变化而变化，甚至如果翅膀的主人被抓了，翅瓣的紧张收缩也会完全改变翅膀的颜色。

我观察过一对蜻蜓。交配后，雌蜻蜓准备产卵，而雄蜻蜓仍然用尾巴紧紧抓住它脖颈的后部，在它身上盘旋，像架飞机似的保护它，直到雌蜻蜓落到一片浮叶上。据说有些种类的雌性整个身体都会进入水中产卵，雄性负责咬住它，将它从水中拉出来；但是我看到的这只雌蜻蜓只是把尾巴弯到水下，身体仍栖息在一株水生植物上，最后卵就产在这株植物浸在水中的茎上。我是在六个星期后写下这段文字的，估计这会儿那些卵都长成"蛹"（nymphs）了，此后一两年甚至更长的时间内，它们都会一直保持这种样子。不过，它们可不像蝴蝶的蛹那样闲待着，相反，它们以昆虫、小螺、蝌蚪为食，很是活跃，结果因发育太快，不得不多次蜕皮。最后，当所有这些必经的水上生活都告终结，这些蛹就会从水中爬出来，最后一次蜕皮，几个小时后它们就变成了成熟的蜻蜓。接着，它们就会飞起来，像是空中的抢劫犯，贪婪地吞食苍蝇、蚊子、黄蜂甚至蝴蝶。

虽然蜻蜓的名字（dragonfly）听起来很恐怖，但蜻蜓对马和人都毫无伤害。不过如果我们人类生活在古生代时期（Palaeozoic times），这些蜻蜓的祖先扇动着二十七英寸宽的翅膀在河谷中上下飞动，那它们对人有没有伤害还真不好说。

一个周六的下午，我将船停在一片回水区①。我在水底取了一块沉积物的样本，放到显微镜下观察，发现这是一大团叫做硅藻的单细胞生物。大多数硅藻最大长度都不超过一英寸的两百分之一，每一个都很像是活着的珠宝，一些是晶莹剔透的，带有金边，一些是有刻纹的，像是宝贝（cowrie）的壳，另一些则让人想起在岸边发现的乌贼。

据说，这种硅藻在海水和淡水中都有，它们的体壁浸满二氧化硅，即使硅藻本身死了，这二氧化硅还会留存。一方面，这些数不胜数的微生物构成了海洋的沉积物，另外，还有以泥土的形式构成的同类沉积物，这证明了在世界历史的最早期生命是同一形式的。在波希米亚，硅藻沉积物每立方英寸包含大概四千万个微生物的遗体，但是，在雷丁大学工作的威妮弗雷德·彭宁顿（Winifred Pennington）小姐测算出，在同等面积下，温德米尔湖（Lake Windermere）沉积物中的硅藻细胞高达六十亿。在某些地方，这种"土"质的沉积物在厚度上能达到几百英尺。如今人们用它来制造洁齿剂和炸药。

---

① 水受到障碍物、反向流或潮流的影响而上溯或倒流，称为回水。如"淹回水而凝滞"（《楚辞·涉江》）。

我正对着显微镜下这丰富多样的微生物思考，一匹孤独的老马过来饮水。它猛地跳入水中，像是要溅出最大的水花，站在漩涡状的泥浆中，它从深处喝了好几大口清水。接着，它浑身湿淋淋地回到了硬实的岸上。

"好马啊。"我对拿着缰绳的工人说。

"农场里最好的马，"他说，"我告诉你，我们两年前买了它是要给猎犬吃的。"

"它现在跟猎犬在一起啊。"我说。

"我们刚把它从铁匠那里买回来的时候，它瘦得皮包骨头，膝盖像是大镰刀的把手。我们把它放在草丛中，以为它不出早晨就会死去。要不是那天早晨我们老板因为心脏病发作，差点去世，这马可能就被杀了。后来老板卧病在床六个星期。等他康复后，他对我说：'弗雷德（Fred）'——我正对着门口切蓟草——'弗雷德，'他说，'这是匹好马呀。我们要把这马留下来，弗雷德。'从此这马就一直跟我们在一起。"

水澄清后，我把玻璃底的箱子放到船的一边，观察在睡莲根部活跃的生命。这些植物浸在水中的叶子永远都不会露出水面，乍一看，会觉得它们很昏暗很乏味，因此也就只配生活在那种卑贱的环境中，但是再仔细看，就会发现它们其实很不简单，任何芭蕾舞演员在旋转她们的裙子时都不如这些卷曲的叶子在一开一

合间那般优雅得体。加拿大伊乐藻的卷须、一丛丛的金鱼藻以及有螺纹的狐尾藻随着水波不断起伏，刺鱼到处游撞，严肃的鲈鱼则摆出一副高贵的姿态。甲虫也在四处移动，一些钻进河泥中，另一些则一副妄自尊大的样子，急着向前冲。红色的水螨则忙着搜寻小型甲壳动物。

翻起漂在水上的一片睡莲叶，我发现上面有很多帽贝，还有栖息在水中的毛虫、小喇叭螺和半透明的螺也在此安了家。每当螺向前挪动，四处寻觅能让它们狼吞虎咽的东西，那猫一般的脸就显得非常突出。

看着这淡水里的帽贝，我想起了在德文郡（Devon）海岸我曾见过它们的海洋同类。人们都知道，这些低级的原始动物白天不活动，晚上却相当活跃大胆。夜幕降临时，高涨的潮水掩护了它们，于是它们出发去猎食那些长在岩石上的植物。但是黎明或者退潮的时候它们却已然回到原先的出发地。每一个帽贝都有自己的专属地盘，它们的贝壳是为了与岩石一致而生长，而岩石日渐磨损，也是为了与它的贝壳一致。

我一直认为帽贝的活动范围仅止于上文所述，但就在某一天大概中午的时候，我正在观察一个岩池，突然发现一只帽贝在移动。这小东西正慢慢地爬过岩石，显然它有点犹豫，不知道该走哪条路。爬到一处窄窄的平台时，它停下了，像是要喘口气，但仅一两分钟它就到了更高的地方，并继续爬行。在大概七八分

可爱的泰晤士河轻轻地流

钟的时间里，它前进了很多英寸。然后它稍稍向左拐以避开一个橘色的海绵锥形物，这时它看起来像是要去岩石上一块椭圆形的地方，这块地方没有常见的那种粉红外层，光秃秃的，在我看来，它的外形与帽贝贝壳的边缘部分几乎是一样的，虽然不完全相同。我怀疑这可能真是它的家，它可能会在这里安定下来。的确，它在这块光秃秃的地方停下，接着舒舒服服地躺下来，就像是一个要抱窝的母鸡紧贴着它的鸡蛋，努力让自己贝壳上的每一点隆起都跟岩石上的凹陷处一一对应。但显然是有不对头的地方，不管它如何努力，它就是没法让自己消停。它从一边挪到另一边，无济于事；它一会儿向前移动，一会儿向后退缩。你找错地儿了，我想。突然，就像灵光乍现，它用"脚"抬起自己，转了个三百六十度的大弯儿。接着，它舒舒服服地躺下，贝壳与岩石严丝合缝，以后它就像斯芬克斯（Sphinx）一样静悄悄不动弹了。

英王詹姆斯一世钦定本《圣经》（the King James Bible）①的译者怕是把英语中的bulrush与埃及的纸莎草（paper reed）弄混了，因为当代学者告诉我们，藏置摩西的箱子很可能是用纸莎草

---

① 詹姆斯一世（James I, 1566—1625），苏格兰国王（称詹姆斯六世, 1567—1625）、英格兰斯图亚特王朝第一代国王（1603—1625），自封为大不列颠国王。钦定版《圣经》完成于其在位期间（1604—1611）。

制作的①。然而，有这样一种误解，说great reedmace有好看的黑天鹅绒般的穗，因此实际上就是bulrush，这种说法引发了很多问题，是错误的②。真正的bulrush，pool rush，或者说blue rush，是一种细长的嫩枝，圆润而光滑，靠顶端附近有一小丛羽毛状的绒，正如其别名所示，是深蓝色的③。泽鸡会把这种植物④的茎弄弯，将其插进窝里，这样就使自己的窝既有浮力，又能加固。对人来说，这种植物可以用来编篮子和椅子的坐垫。

两岸众多鲜花一字排开，有芒柄花或者荆豆（ground furze），它的根"很长、很深，非常结实，用犁也很难把它扯开，牛也跟着走不动"；有聚合草，"它们盛开在多水的沟里，在较远的、肥沃的草地上"；还有玄参或翅茎玄参，"它们的茎宽阔结实，中空，呈棕色，叶子也是宽宽的，锯齿状，很像是荨麻的叶子……枝干顶端开深紫色的花，很像小头盔……它喜欢小溪和流动水，所以一般生在沟边、河边，很少会在干燥的地方生长。七八月份开花，

① 英语的bulrush可以指莎草科莎草属植物，而纸莎草（*Cyperus papyrus*）是该属植物中十分著名的一种，古埃及人用其茎造纸。《圣经·出埃及记》第二章第三节述摩西出生三月，其母将之藏诸草箱，弃置尼罗河畔；草箱，詹姆斯钦定本作ark of bulrushes，汉译和合本翻为蒲草箱，中国基督教协会印发之《中文圣经启导本》注释将蒲草释为纸莎草。在此，吉宾斯显然不认为纸莎草是bulrush。

② 英语bulrush涵盖甚广，官方虽然推荐此词为香蒲属植物的通用俗名，不过，在英国，此属物种还有一个众所周知的俗名：reed mace。吉宾斯提到的great reedmace（*Typha latifolia*），汉名宽叶香蒲、普通香蒲。可见他所认知的bulrush，范围要狭窄很多。

③ 吉宾斯认为真正的bulrush是pool rush或blue rush，这两个词译者未能查到准确的汉译，不过从文中描述的性状推测，可能是指小香蒲（*Typha minima*）。

④ 本书译名虽尽量求确，但动植物俗名使用本就十分混乱，吉宾斯此书也非生物学著述，具体所指物种有时难以辨明。

可爱的泰晤士河轻轻地流

此后种子逐渐成熟……叶子有洗擦或清洁功能，可以很好地清洗糙面粗哗叽或者恶臭的溃疡，尤其是可以加入蜂蜜熬制一种汤汁。据说，如果用这种汤汁来洗脸，可以根除脸部发红，也可以矫正畸形部位"（引自杰拉德［Gerard］的《草本植物》［Herball］①）。

在威尔特郡（Wiltshire），年龄大一些的居民会将翅茎玄参的叶子煮沸，加入用熏肉熬成的肥油，用这种办法制作一种药膏。我非常感激斯温登（Swindon）的卡斯（C. T. Cuss）先生，他给了我一罐这种药膏，据说它对治疗风湿有很好的效果，清洗皮肉伤更是极佳的选择。即使只将这种玄参的叶子敷在伤口上，也是很有益的。

有很多人写过河边的各类花，我只是记下它们的叶子和花朵，因为我更迷恋它们的外表，尤其是川续断，它的花头花序长满刺毛，叶腋部分有一杯状器官，里面有露，小昆虫掉进这个杯状器官后，体液就会被植物组织吸收。普通的睡莲有黄色和白色两种，这个很多人都知道，但是细长的有穗的睡莲，或者圆叶的睡菜，就很少见，它一般藏在河中更隐秘的一些地方。这种睡莲很谦虚，它在水下发芽，直到开花、授粉相继完成，它才会展开头状花序，与此同时种子在水下发育成熟。它漂在水上的叶子尽

---

① 约翰·杰拉德（John Gerard, 1545—1612），英国植物学家、草药医生。他在伦敦有一座非常大的草本植物花园。《草本植物》于一五九七年出版，厚达一千五百页，配有很多插图，在十七世纪的英国广为流传。

管不像普通品种那样大小一致，但是却有同样坚韧的纹理，因此它能经受暴雨的重创或者洪水的冲击。在远东，慈姑（water-archer or arrowhead）生长繁茂，就因为它的块状根可以吃所以专门培育它。泰晤士河也产慈姑，茎是三棱的，叶子是三个尖的，白色的花朵则是三瓣的，它们一直保持河中公主的地位。

5

这是个周日的晚上，我把船停在岸边过夜，上面是一座步行桥。我的脑子里一直想着白日里看到的一只公鸭，在那么一大群鸭子中，它竟然只对其中一只情有独钟。它在这个鸭群中频频出入，一会儿到岸边，一会儿又游到水中，只为追求这一个"她"，后来它绕过一丛灯心草，再次进入鸭群，然后，"她"终于答应了它的求爱。

这只公鸭为什么这么挑剔呢，明明有那么多好看的母鸭任它挑选。正当我百思不得其解之时，对岸有个女孩往下游走去。她背对着我，但是衣着干净整齐，身材非常动人。我猜她大概二十出头。可惜我跟她不在同一侧，一时间我真想把锚扔掉。不过，这不断远去的倩影告诉我这个女孩根本没注意到我，没有半点想跟我搭讪的意思，尽管如此，我的脑袋里还是起了一些浪漫的妄想。这个女孩目不斜视，每走一步都显示出此刻她正心事重重，偶尔她会有些任性地摇一下头，似乎在说："我是对的。"

毫无疑问，一个女孩出现这种状态肯定是因为某个男人；这家伙追得太紧，或者过于花心。我看着她伤心地转向一处河湾，然后继续收拾自己准备过夜的东西。

当我再次抬起头来向上游望去的时候，在我所在的河这一边，桥底下有个男人在岸边弓着身子，那种姿态就像是电影里的明星马上就要在摄影机前跳水自杀。

噢，这么说，你就是女孩烦恼的罪魁祸首，那你到底跟这可怜的姑娘说了什么呢？他坐在那里，抱着膝，呆呆地凝视远方，我想他大概是在计算到周三他俩再见面的那半天还有多少小时吧。我想她应该不太可能再见他，因为在她的步履中包含了极大的决心。

但是突然间，他一跃而起，迈开大步过了桥，河谷中都能听得见他的脚步声。他沿着纤道一直往前走，下巴很突出，跟那女孩一样，也是目不斜视。正当他大步向前的时候，女孩子在一拐弯处又出现了，虽然她离我很远，但她显然依旧一副目中无人的姿态，只不过我怀疑她可能稍稍放慢了脚步。我打算用望远镜继续观看这场戏剧的进一步发展，这应该算不上什么大罪吧。

他渐渐地追上了她，步伐比之前坚定了很多，但她一次也不回头。他俩就这样走着，即使两人之间仅隔几码，她也装作无视对方的存在。只有当他快步跑上前直接与她面对面时，她才被迫抬一下眼，但也只是把他推到一边，然后继续走自己的路。等他们绕到另一河湾处，我再也看不见他们时，他还是在后面跟着，像个猎犬一样对她摇尾乞怜。

二十分钟后我再一次抬头，河对岸那一对冤家已经往回走了。这一次他们是肩并肩，两人过了桥，走到那个男人最初待过的那棵柳树下坐了下来；此后，太阳落山了，我打发自己去睡觉，许久之后，夜晚的清风中还听得到轻微的低语。我不禁感慨，这些公鸭子能得偿所愿简直是太令人匪夷所思了。

6

　　这条小河的水清朗而有寒意，长满了浓密的水草。绿绿的植被下突然冒出一股清澈的小溪，与泰晤士河那安静又混浊的水域截然不同，非常适合沐浴，沙子也很干净，踩在上面很舒服。主河流中有这样一个深水池，游泳是肯定可以的了。

　　一天，我正在河中心游泳，一只螺漂过来，壳上拖着根水草。这只螺可以证明这片水域存在过蛾螺。我把它放进一盆浅水，这样摆弄时它基本没表现出不安，看来它跟陆生同类不太一样。过了一会儿，它开始往前一直爬到盆边，当触角提醒它接近水面，它开始向一侧倾斜，将一导管从壳右下部伸出水面。而一到水面上导管就展开了，发出微弱的咔嗒声，然后大概有三十五秒，这只螺一直平静地呼吸，之后它关闭了呼吸器，又潜到水下。这个过程每隔几分钟就会重复，最后我把它放回河中，让它继续自己的行程。由此我发现淡水螺有两种，一种有肺，如我所见这一只，须到水面上才能呼吸；一种有鳃，和鱼一样，在水中就能呼吸。①

---

① 　螺（snail）是腹足类（gastropod）动物的俗称，包括陆生螺（land snail，蜗牛）、淡水螺（freshwater snail）和海螺（sea snail），一般分为三类：前鳃类、后鳃类和肺螺类。多数陆生螺和淡水螺以及蛞蝓等，无鳃，以外套腔作为肺。蛾螺（whelk）系海产螺，属前鳃类。

又过了一天，我发现一些杂草从小溪流进了主河道，鱼儿竟然把这些杂草抓住了，还反复拨弄它们，撕咬它们，就像狗咬耗子一样。这真是不可思议。虽然我知道热带海域中有些鱼是食草动物，但是淡水鱼也有吃素的，这实在出乎我意料。于是，我就去"抢"了一根浮草，把它撕成碎片，放在一个玻璃缸里。很快，我就搞清楚了原因。原来，仅从一小块碎片来看，里面就隐藏了二十多只淡水虾，这种虾的名字叫"钩虾"，而在我们的海岸上经常会有沙跳虾藏在石头和干海藻下，钩虾与这种常见的沙跳虾是有近亲关系的。有一对钩虾被一条不知是雅罗鱼（dace）还是查布鱼的鱼①深深地吸进了肚子里，还死活抱在一起，要不是我把它俩给弄出来，它俩肯定就这样浪漫地死在对方的怀抱里了。在这根杂草上，还有很多孑孓、水螨，以及之前我提过的硅藻，还有一般被称为介形虫的小甲壳纲动物，这个我以后会写到。

这一带有很多鱼，比如雅罗鱼，沃尔顿把它描述为"冒冒失失、爱闹着玩的快乐的小伙计"；有拟鲤，"因为单纯质朴，被称为水中的绵羊"；还有欧白鱼，沃尔顿说它"总是在运动中，因此有人称它为河中之燕；如果你曾经在夏天夜深人静之时见过燕子在空中捕食它赖以活命的苍蝇，即使那么晚它还是飞个不停，频繁而快速地转弯，那你就能知道水面上的欧白鱼是怎么好动了"。

---

① 在英国和欧洲大陆，dace一名（汉译代斯鱼）专指雅罗鱼（*Leuciscus leuciscus*），该种与欧洲查布鱼近缘，故吉宾斯有此说。

不幸的是，这种小鱼的鱼鳞被用来加工人造珍珠①。在欧洲大陆，从十七世纪起，就出现了一家专门的渔场，那里每年都将数百万条欧白鱼的鳞片加工成银制品，而这些银制品会镶嵌在玻璃珠的内里。

但是人类并不是鱼们的唯一杀手。无论早晚，狗鱼都会捕食它们，有很多次我被这些狗鱼溅了一身水，因为这些"河上海盗"朝紧靠在我船边的小鱼扑过来。很多作者都说狗鱼一般从侧面向它的猎物发动袭击，但我倾向于认为这是所有鱼的进攻方式，而不仅仅是狗鱼。我在百慕大和伦敦的水族馆里都观察过鱼类进食，小一点的鱼总是被从身体中间抓住，而不是头或尾巴。爬行类动物也是如此。不久前，我听到花园里有凄厉的惨叫，冲出去后发现一条游蛇正将一只青蛙水平地咬在口中。这只青蛙叫得很可怜，不过那蛇看见我跑来，就把它毫发无损地放了。

在此逗留时，我在食品柜里发现了一只煮得过熟的鸡蛋，壳已经裂开了。我闻了闻，确定它已经变质了，所以我把它掰成几块，放进水里，同时我的手在水中纹丝不动。很快上百条小鱼就围了过来，先是一些个头小的，后来的则越来越大。米诺鱼、雅罗鱼、鮈鱼都跑过来吃我手中的鸡蛋，六或八英寸大的会在我的手指一带吃东西，而小一点的则钻到我半掩的手掌中去找食。我

① 主要是在东欧。

当然是一直静坐不动，尽量让它们不要发现我在船边，就是这会儿我发现我那玻璃底的箱子派上了用场，透过它可以清楚地看到所有正在发生的场景，而鱼们却不太可能知道我的存在。

静止不动几乎是一种失传的艺术，但是我碰到的一位渔民给我讲了一个很好玩的的故事，是关于泽鸡的。他说，有一天他正坐在岸边等鱼儿上钩，突然听到泽鸡咯咯的叫声，而且还叫个不停，听起来这只水鸡可能正经受某种轻微的痛苦。他没太在意，周围也看不到这只水鸡的影儿，不过这种叫声持续了大概半个小时。后来他一直钓不到鱼，决定往下游走上个五十码，于是就站起来换了个地方，刚坐下没多久就听到泽鸡发出的叫声变了。很快，就在他刚才待的那个位置前面的一株睡莲底下，突然有六只小而黑的雏鸡钻了出来，游得非常欢快。这种鸟儿非常善于隐藏自己——除了鸟嘴不好藏——它们会一直藏着，直到危机排除。显然，这些雏鸡都经受了严格的培训，很听话。

在小溪旁边的浅水区，我看到一只泥鳅在泥中滚动，没费多大劲就把它捡了起来。这种特殊的鱼类能用它的肠道作为一种辅助性呼吸器官，当池塘和混浊的水流都干了的时候，这种器官就能发挥最大的作用。据说泥鳅在预测天气方面很是灵验，有雷暴雨时它就会表现得极度不安。不过，这种敏感性并不是只有鱼类才有，很多人其实都能感受到"天空中的雷声"，而且真的有很多人会在这种电波干扰下变得心烦意乱。很多动物会在感知到天

气变化时发出清晰的信号。泰奥弗拉斯托斯（Theophrastus）①，这位生活于公元前三世纪的古希腊人列举了一长串可以推断天气变化的动物行为，后世作者不断引用这些文字，有很多甚至成了我们日常生活的格言。我们都知道燕子飞得低表示天气要变坏，也听说过麻雀吵闹得厉害或者蜜蜂留在蜂窝附近不远飞，都表示坏的天气可能即将到来。不过，这位老哲学家对刺猬的记录可能并不为人熟知："这种动物，"他说，"不管住在哪里都要挖两个洞，一个朝北，一个朝南。它堵住哪一个洞，就表示从哪个方向有风要来，而如果它把两个洞都堵住了，则预示会有狂风袭击。"我还喜欢他这样的文字，"河面上如果起了大量的泡泡，表示会有大雨来临"，这种现象很容易理解，当大气压力低时，河泥中留存的气体更易释放。

另一些作者说，猫头鹰在坏天气里发出尖锐刺耳的叫声，表示天气要转好；孔雀晚上叫，预示着可能要下雨；还有，如果青蛙的呱呱声多于平日，蚯蚓从土里钻出来，蚂蚁从蚁巢前的"小丘"中转移蚁卵，鼹鼠堆积了过多的土，这些都表示天要下雨。

一八一三年，约瑟夫·泰勒（Joseph Taylor）先生写道："把一只水蛭放到一个大瓶子里，倒入四分之三清澈雨水，以同样的方法每周更换三次，将这个瓶子放在窗台上，让它面向北方。在

---

① 泰奥弗拉斯托斯（约前372—约前287），古希腊哲学家，亚里士多德的学生。其著作以《品格论》（或译《人物志》）最为知名。下文提及的关于气候征兆的文章是否出自他手存有疑问。

好天气和霜冻天气里，水蛭在瓶底待着，没什么动静，以一种螺旋状把自己卷起来；但是当它爬到顶部的时候就表示要下雨或者下雪了，而如果它在顶部停留较长的一段时间，那就表示要下暴雨，并且要下很长时间；如果天气没什么特殊状况，它就再爬下来。要是有暴风雨或暴风雪，那水蛭就会在瓶子里以一种令人震惊的速度飞快地蹿上蹿下，直到真的刮起大风才会停下来。雷雨或闪电将至之前，水蛭又会极度焦躁不安，并且会以痉挛性地跳到瓶子顶端来宣泄这种不安。显然，不管是蓝天、气压表或者其他任何东西，即使它们显示天气很好、万里无云，似乎没有一丁点转坏的迹象，但只要这个小家伙变换一下位置，或者无规则地乱动，那三十六小时内天气必然会有相应的变化；一般二十四小时内就会有，有时不到十二小时天就变了。不过，水蛭的活动主要还是由于温度的下降、雨天的延续时间和风的强度。"

在西班牙也有这种说法，在塞维利亚（Seville）人们发现了一幅年代久远的西班牙素描，画上画了水蛭的九种姿势，水蛭被放在玻璃瓶里，它的每一种姿势都代表一种天气。想必正是通过钻研这些假说，来自惠特比（Whitby）的梅里韦瑟博士（Dr Merryweather）发明了暴风雨预测器（Tempest Prognosticator）[1]，善于发明的他将至少十二只水蛭分别放在不同的瓶子里，如有风暴将

---

① 乔治·梅里韦瑟（George Merryweather，1794—1870），英国医生，发明家。他的此项发明又名水蛭晴雨表（the Leech Barometer）。

至，这个预测器就会有铃声发出，而铃铛就隐藏在把手内。这个装置看起来就像是一个巨大的调味品瓶，一八五一年曾经在水晶宫（the Crystal Palace）的万国工业博览会（the Great Exhibition）上展出，但是由于某些可理解的原因，它从来没有得到普及。

我自己也有过一些相关的经验。几个月前，我从庞镇（Pang）采集了一些水蛭，把它们放在书房里。它们确实提醒我坏天气的来临，有一天玻璃杯内的水位很高，天空又很晴朗，我预测未来会有好几天的好天气。但水蛭显然不这么想，它们开始在杯子里上下攒动摇晃。果然，第二天早晨以及其后的一整天，都下起了倾盆大雨，大雨似乎能把整个堂区都淹没。但是我从肯尼特（Kennet）采集的马蛭在雷暴期间却一直闷头大睡。

无意中读到这些吸血寄生虫的资料，我发现了一个有趣的现象，柏林的克特博士（Dr Kerter）对此有记录。他收集了很多不同品种的水蛭，把它们放进玻璃管中，这些玻璃管长约四英尺，直径一英寸，竖着放置，里面盛满了水。过了一段时间，他注意到很多水蛭都聚到水面附近，也有不少待在管底，剩下的其他水蛭则占据了玻璃管的中间位置。他依次对每一组都做了认真的分析，发现靠水面比较近的那些水蛭一般都喜欢寄生在游禽的腿上，而那些待在中间位置的水蛭通常情况下喜欢以鱼作为其东道主，剩下的那些留在最底部的水蛭则经常去骚扰淡水螺或其他底栖生物。以上这些可以证明即使是水蛭，也跟我们人类一样有丰富的生活习性。

据说"有多血症的人"在下雨前会嗜睡，身体的各种疼痛、伤口和鸡眼也都在雨前或霜冻来临时更为敏感。就我个人而言，我并不认为一个人非得是不健康的才能感知到天气变化。一个健康的人，如果他在野外生活，认真地观察地平线和云朵，他其实比一个只能待在房间里因而脾气暴躁的病人更能准确地预测大气的变化。为了证明这一点，只消去想一下班伯里的牧羊人（Shepherd of Banbury）①，他在十八世纪静静地凝视苍穹，总结出一套预测天气的规律，而其中很多规律最近才被科学所证实。

在这段沿河游期间，我基本不怎么关注时间。日出而作，日落而息，饿了我就给自己弄点吃的。我就像一只老獾一样平静地生活在土地上。当然，我也会根据花开的时间来推测时间——蒲公英早晨五点开花，晚上八点闭合；白色的睡莲早晨七点绽放，晚上五点闭拢；还有万寿菊，开花期很短，从早上九点开始，到下午三点即结束。不过我很快就学会了"感知"时间，偶尔出于无意义的好奇心，我的确打听过时间，但我猜测的时间与打听到的时间误差基本不会超过半小时。当然，大雾天气会干扰我的判断，但即使是主干线上的火车也会因大雾而晚点呀。

---

① 这个人其实应该是约翰·克拉里奇（John Claridge，生卒年不详），他自称是班伯里的牧羊人，于一六七〇年完成了一部较早的预测天气的著作 *The Shepherd of Banbury's Rules to Judge of the Changes of the Weather, Grounded on Forty Years Experience*。一七四四年，经苏格兰作家约翰·坎贝尔（John Campbell，1708—1775）改写（故吉宾斯后面说是"十八世纪"），此书由是畅销，十九世纪曾多次再版。

7

在英格兰，翠鸟的羽毛应该是最漂亮最精致的了，其他鸟很少有能比得过的，不过这种鸟难得一见。据说翠鸟很害羞，害怕见人，我倒不以为然，相反，我以为如果人们能像对知更鸟一样尊重翠鸟，那么就会发现其实这种鸟是很大胆活泼的。拿我在河上的亲身感受来说，我经常惊讶于翠鸟会主动来靠近我。来自莱奇莱德的彼得·福特（Peter Ford）先生说，他在油漆自己的一条船时，一只翠鸟就待在他身边，它的头以这样那样的姿势挺着，看着他工作，一点都不害怕。很多渔夫也告诉我一些类似的经历，这些鸟儿会落到他们的钓竿上休息——听说燕子也会这样——罗宾·罗斯（Robin Rose）先生讲到一只翠鸟怎样霸占了他在萨福克（Suffolk）家中的一个空闲房间，因为害怕翠鸟往外飞时会猛击玻璃撞伤身体，他们一家甚至都不敢关上该房间的窗户。

不用说，在柳树林中很难发现翠鸟，因为它的翅膀边缘是淡绿色的，与柳树的叶子很难区分。翠鸟一般会选择一个比较暴露的位置，比如说一根枯死的树枝——这是翠鸟最喜欢待的一个地方——在这个位置，它可以眼观六路耳听八方，它胸口上的黄褐色恰好与树枝那枯萎的树皮融为一体。

这动物王国里的保护色让我越来越震惊。在温德拉什（Windrush）一个平静的池塘里，我看到一条小狗鱼，那色彩斑驳的后背像极了水中的枯枝。在别处，我见到一些鲜亮的蝴蝶，一般把它们称为赤蛱蝶，它们在河面上飞来飞去，最后选定了一块覆着地衣的石头。要是我没看到它们飞，就不会注意到它们落到石头上，它们的翅膀向着太阳展开，黄黑相间的斑纹与其身后的石头完全相融。据说这些蝴蝶是从非洲飞过来的，定期迁徙到这里。

在我的小书《蓝天使与鲸》（*Blue Angels and Whales*）①中，我用一整章谈论了这个话题。几乎每天都有新的发现。小猫头鹰的羽毛很像是树皮，所以它要是窝在柳树树洞里，几乎不可能被人发现。绿色的啄木鸟在草地上找寻蚂蚁，它头上那一点红斑就像是一片枯叶，人是根本看不见的。墙壁、树干或者油漆过的木料，这些地方对蝶蛹来说，都是很好的掩护地，虽说蝶蛹变成毛

---

① 出版于一九三八年，主题是吉宾斯在百慕大、塔希提和红海的探险。

虫后也就有了颜色。最近我在摄政公园（Regent's Park）里观察鸭子。赤冠潜鸭算是水中最显眼的鸟了，但是当这种鸭子上到小岛上，站在灌木的光影中，就没人能认得出这是只鸭子，因为它的轮廓完全被遮住了。对保护色这个话题，爱德华·波尔顿爵士（Sir Edward Poulton）在《动物的颜色》（Colours of Animals）①、阿博特·H.塞耶（Abbot H. Thayer）在《动物王国的隐匿色》（Concealing Coloration in the Animal Kindom）②中都做了极好的阐述。

除了翠鸟，苍鹭应该是最受欢迎的鸟了。有一天，在一处河湾附近游逛时，我看到一对苍鹭起飞。其中一只将笨重的翅膀拍了几拍，就飞到了临近的小树林上空，但是第二只却似乎飞不起来。我仔细盯着它看，原来这只鸟的嘴上挂着一条大鱼。它有那么宽的翅膀，却是白费力气；它的腿也很长，却拖拉在灯心草上，因为它嘴上的鱼实在太重，想抬头都抬不起来。这个可怜的小东西！它的内心一定充满了不安；而当它被迫放弃这条大鱼时，又该会很失望吧。就在它丢掉的一瞬间，我捡起了那条鱼，掂着大概有两磅重，但我分不清这是狗鱼、鳟鱼还是查布鱼，只能把它留给其他四处觅食的生物了。

在亨利镇（Henley）附近，有一个很不错的鹭巢群，据说在

① 爱德华·波尔顿（1856—1943），英国进化生物学家。《动物的颜色》出版于一八九〇年。
② 阿博特·H.塞耶（1849—1921），美国画家和博物学家。《动物王国的隐匿色》于一九〇九年出版。

英国它是第七大巢。从这里飞出的腿上有环的鸟飞到了英国属地曼岛（Isle of Man）和爱尔兰，这给圣科伦巴（St Columba）[①]的传说增添了几许真实可信的成分。圣科伦巴的传说最初以爱尔兰语流传，海伦·沃德尔（Helen Waddell）[②]小姐将它译成了英语，而出版家康斯特布尔（Constable）先生则慷慨地允许我全文引用海伦译作《野兽与圣徒》（*Beasts and Saints*）——我有幸为该书配了插图——中的圣徒传说。

圣徒住在艾奥纳岛（Iona）时，呼唤他的一个信徒，对他说："现在开始走，三天后的黎明时分到达这座岛的西部，坐在海岸边等。太阳落山前第三个小时，会有一位陌生的客人从爱尔兰北部海岸飞来，这是一只鹤，高空中大风猛烈地吹，使它远远偏离了自己的飞行路线，因为疲劳和厌倦，它的力气几乎耗尽了，它会落在海滩上，躺下，你轻柔地把它捧起来，把它带到附近的农场，让它觉得自在，全心呵护它三天三夜，当这三天结束时，它的体能得到了恢复，就不愿意再继续逗留，它会再次以绝佳的精神状态飞起，飞回它的出发地，爱尔兰那古老甜蜜的土地。要说为什么我这么希望

可爱的泰晤士河轻轻地流

---

① 圣科伦巴（约521—597），大隐修院院长，爱尔兰十二使徒之一。五六三年与十二名信徒到艾奥纳岛建立教堂和修道院，作为向苏格兰传教的据点。苏格兰信奉基督教主要靠他的努力。
② 海伦·沃德尔（1889—1965），爱尔兰诗人、剧作家和翻译家。下文提及之《野兽与圣徒》出版于一九三四年。

你去救它，那是因为你和我成长起来的乡村，也正是它被孵育的地方。"

信徒按圣徒的吩咐去做。第三天，太阳落山前第三个小时，他从隐藏的地方站起来，等待着那位神秘客人的到来，当它躺在海滩上后，他就把它捧起来，带它到了附近的农场，喂养饥饿的它。他回到修道院的那个晚上，圣徒对他说话，与其说是问询，不如说像是谈论一件往事。"上帝保佑你，我的孩子，"他说，"你悉心照顾了这个朝圣的客人，使它免于长途奔波流离之苦，三天后它就会回到它的家园。"

事情正如圣徒所预言。三天后，这只鹤养足了精神，它从地上一下子飞向了高空，之后它探查自己的飞行路线，直接飞到了静谧的大海之上，在宁静的天气中回到了爱尔兰。

学界对鸟类迁徙这一现象做了大量的研究，在这里我只讲一下自己的经历。几年前，我乘一艘装煤的小货船从森德兰（Sunderland）到巴塞罗那去。我们几乎看不清海峡，因为鸟儿们飞到船上，并且一直待到我们到达地中海。斑鸠、黄鹡鸰、斑鸫、棕柳莺，这些鸟都是要飞往非洲的，它们想当然地把自己的安全放在第一位。从飞上甲板的那一刻起，它们就以为自己有权利搭顺风船，它们飞进厨房，落到茶壶盖上，无所顾忌。肚子里填满了面包屑，它们就在走廊里自娱自乐，因为在走廊里可能会发现蟑蝤和其他肉食；然后，它们又会去甲板、船桥、水手舱的前端，总之，任何它们想去玩的地方。

一天，锅炉工比尔从舱里走出来，他头上戴着一顶针织帽，穿着卡其色的裤子，因为沾染了太多油污，裤子在阳光下显现出蓝颜色。比尔很喜欢鸟，他发现了一只鹬，这只可怜的小鸟撞到了船的索具上，把自己给碰伤了。比尔把它放在他湿冷的大手里，焐了一个多小时，一心想着救活它。去吃晚饭时他把它裹在了帽子里，等他回来时，可怜的鹬却已经死了。比尔靠在舷栏上，默默地望着那个小小的金色的身躯在蓝色的海洋中渐渐漂远。之后，他用一块油腻腻的"汗布"擦了下胸部和脸，难过地擤了一下鼻子，又下到舱里去了。

这金色的鸟儿和它的死让我想起了一九一四年的圣诞节。那时我是皇家芒斯特燧发枪团（the Munster Fusiliers）①的一名中尉，圣诞这一天我的职责是安全越过一些偏远的村庄，去检查一个前哨基地。一阵似欲咆哮的大风从西南方向刮来，我骑过一片荒凉的沼泽，看到一群金色的鸻鸟正顺风急急飞来。就在我前方三十码的地方，它们要穿过公路，这时三只鸟儿落在了地上，但当时并没有枪声。我想，应该是风力太强，枪声被风声给掩盖了，我

---

① 皇家芒斯特燧发枪团是英国陆军的一个爱尔兰步兵团，历史可追溯至一六五二年，重组于一八八一年。一战期间该团三次获得维多利亚十字勋章。吉宾斯战时在此服役，因土耳其加利波利（Gallipoli）一役而颈部受伤。

根本没听见。我在原地等着向那个持枪人表示祝贺，但过了一会儿还是没人现身，我就下马，将马交给勤务兵看守，一个人爬上树篱观察。结果我发现不是三只落地，而是七只并排在公路上。有四只鸟儿的身体已经冰冷僵硬了。除了有一只尸身完整，其他六只都被路边的电报线齐刷刷地割断了头部。

当时我是在爱尔兰，科克港（Cork Harbour）的东边，离我出生的地方并不是很远，后来我的大部分青年时代又主要是生活在科克郡的西边。巴利绍尼恩（Ballyshoneen）的群山上，马斯克里（Muskerry）的诸多沼泽外，就是在这些地方，我学到了至今仍然让我受益的全部经验。

我有个朋友名叫拉弗蒂，汤姆·拉弗蒂（Tom Rafferty）。我认识他那会儿他已经是个中年人了，在一所乡村学校教书，我父亲曾与他一块在都柏林的圣三一学院读书，因此给我讲了很多他在当学生时的过人之处。由于母亲方面的遗传，他对古希腊语和拉丁语很是精通；另外，他还有一点与常人不同，他没有如父母所盼去做一名主教——如果真是这样，他的名字就会变成托马斯·基拉卢，托马斯·拉福或者托马斯·科克（Thomas Killaloe, Thomas Raphoe or Thomas Cork）——而是选择一步步远离上帝的恩典，最后他发现他可以将拉丁语灌输进那些不情愿学习的脑袋中，并因此赚得一点生活费。有时他会跟我一块去打猎，不过他从来不带枪，而且总是坚持要扛着袋子。我们边走边吟诵那些从经典演绎的故事，这便是他最开心的时候，因为任何一件事都可能会激起他的连锁反应：在农舍里待上几分钟，我会听到巴乌希斯和菲利门（Baucis and Philemon）；看见一位老人和一个年轻女孩在路上走，他会引出阿喀斯和伽拉忒亚（Acis and Galatea）；听到枪响，他又会讲起那喀索斯（Narcissus）①。

有一天晚上，我们坐在沼泽边上，等着鸭子飞进来，我对他说要是他那一肚子的古典学问真有用的话，应该砍些芦苇，用芦笛来吹首曲子，省得我们在此干等。"嗯，那绪任克斯（Syrinx）在哪儿呢？"他说。"你说谁在哪里？"我问。然后他就讲了潘（Pan）和绪任克斯的故事②。从我所在的位置，月光下只能看清他刚剃过的头的上部，但他用抑扬顿挫的爱尔兰英语讲的故事却深深地印在我的心里，此刻我将他说的话记录下来时，感觉我似乎仍在荆棘丛的阴影中专心地听他讲述。

"在阿卡迪亚（Arcady）③群山上，"他说，"山上很冷，住着一位仙女。朋友们都叫她绪任克斯，她比她们都可爱。可是，很

① 这几个人物都出自古希腊神话。菲利门与巴乌希斯是一对贫穷而虔诚的老夫妻，因在自己的茅舍款待宙斯与赫耳墨斯而得免于大洪水，并终享天年；阿喀斯与伽拉忒亚是一对悲剧恋人，心怀嫉妒的独眼巨人波吕斐摩斯杀死阿喀斯，伽拉忒亚使情人的血流变成一条河；那喀索斯是美男子，因在水中看到自己的倒影，爱上自己，憔悴而死，化为水仙。
② 一般的说法是，绪任克斯是一位山林仙子，她想要摆脱潘过于强烈的情爱追求，便跑到拉冬河。就在追踪而至的潘快要抓住她的时候，绪任克斯恳求河神使自己变形。因此当潘抓住她的时候，实际上握住的只是她变成的一棵芦苇。潘用这棵芦苇做成一支笛子，这一乐器成为潘最广为人知的象征符号。
③ 阿卡迪亚，古希腊伯罗奔尼撒半岛中部山区，居民与世隔绝，过着牧歌式的生活，因此古希腊罗马和文艺复兴时期的文学作品将其描绘成世外桃源。

多次她不得不跑得又远又快，因为那些小小的萨堤尔（Satyr）①在身后追她。这些半人半兽的神都长了羊的蹄子。你想它们当中除了潘神之外谁还是最坏的呢？唉，有一天，绪任克斯惊慌失措地跑过山谷，那些小小的羊腿就紧跟在她身后，前面还有一条河挡住了路，她又不会游泳。该怎么办呢？她问自己，我彻底完了。虽说她不会游泳，但眼睛一眨，她想到了一条更好的出路，那就是将自己变成一株芦苇。

"潘神跟着过来了，他想既然眼前只有这芦苇了，那将它抱在怀中姑且就是抱着那位美丽年轻的女孩了吧。他长叹了一声，嘴中呼出的气进入了他手中的芦苇，山谷中因此响起了回音，悲伤而缓慢。没关系，最后他对自己说，没关系。这种结局也很好，我那种方式得不到她就换这一种，我会很快学会（吹芦笛）这种技能，我们也就能永远在一起了。

"现在，"汤姆·拉弗蒂说，"你怎么看待他们呢？"我没来得及回答，因为抬头看天的时候我看见一只鸭子正在上空飞，似乎心不在焉，它的长脖子很突出，猛然穿过一缕白云。我将枪管对准它，朝它前面几码处开了枪，令人吃惊的是，它竟然开始下坠。终于，它落下来，拉弗蒂接住了它。"上帝啊，"他说，"你把它从星星下面打下来的。"

---

① 萨堤尔是希腊神话中最低级的林神，懒惰，贪杯，好色。在罗马诗人笔下，萨堤尔们与潘之间的区别已消失。

一般来说，我的记性很不好，所以当我听到某人能大段大段地背诵时总是很吃惊；不过迄今为止令我最为震惊的一次却是在一九二七年初，我去已故的格雷勋爵（Lord Grey）①家中与其共进午餐，他的家在史密斯广场（Smith Square），我们要讨论为他的著作《鸟的魅力》（The Charm of Birds）配插图的事情。我带了一本卢奇安（Lucian）的《真实的历史》（True History）②，是十七世纪时弗朗西斯·希克斯（Francis Hickes）③翻译的——我刚刚在金鸡出版社（the Golden Cockerel Press）④为它出了一个很好的版本。与格雷夫人谈话的时候，我注意到她丈夫正认真地阅读卢奇安，他将书放在面前几英寸的地方，不停地将书从左移到右，因为他只有一只眼睛看得见了。午饭后，我搭他的车回家，在车上他评论了该书的翻译，认为译文很精彩，并且背诵了书中的一些长段落：

① 爱德华·格雷（Edward Grey，1862—1933），英国政治家，曾任外交大臣十一年（1905—1916），是历史上未间断任此职时间最长者。任职期间最大的事件就是一战爆发。他对此所做的评论成为人所共知的名言："灯光正在整个欧洲熄灭；我们有生之年将不会看到它重新点燃。"一九一六年受封子爵。身为一位狂热的鸟类学家，撰有名作《鸟的魅力》（或译《鸟的天堂》、《鸟的天空》）。
② 卢奇安（约120—180后），古希腊修辞学家、讽刺作家。《真实的历史》写到了月球旅行，被认为是最早的幻想小说。
③ 弗朗西斯·希克斯（1566—1631），英国翻译家。卢奇安的作品是他出版的唯一译著。
④ 位于英格兰伯克郡，发行限量版书籍。吉宾斯曾任其插图画家，一九二四年将之买下，后因经济大萧条而卖掉。

从赫丘利斯之柱（Pillars of Hercules）① 起锚时，风向正好满足我的需求，我闯入了西大洋：推动我进行这样一次航海的，仅仅是我的好奇心，一种对新奇事物的冲动，一种了解大洋界限的渴望，而且，我还想知道什么样的人会住在对岸……

在这样的顺风中，我们前行了一天一夜，只要我们能看见陆地，就走得不紧不慢。但是第二天太阳升起后，刮起了大风，海面波涛汹涌，黑暗瞬间袭击了我们，所以我们就不能扬帆，只能向这风与坏天气屈服。

他对自己这种惊人的背诵能力倒是不以为然。其实他的视力已经很差了，几个月后我去威尔斯福德（Wilsford）再次拜访他，他已经连鸟巢里有没有蛋都看不见了，这些鸟巢就散落在他的花园里。

正是在《鸟的魅力》中，格雷勋爵讨论了泽鸡有多个窝巢的问题。他以自己的观察为据，指出另外的那些窝一般只是用来孵蛋的。他这样写道："我发现有一个窝频繁地被使用，而这主要是为了幼鸟。日落后我会坐在某个地方喂水鸟，这个地方离那个鸟窝很近，于是里面的情况我完全看得到：这个窝里从来都没有

---

① 赫丘利斯是希腊神话英雄赫拉克勒斯（Heracles）的拉丁名。他在完成十二件功绩期间，于世界极西处（今直布罗陀与休达）建立了两座石柱。

过鸟蛋。有好几天，每天晚上，泽鸡妈妈都会引导它的孩子游到这个窝里，让它们在此聚集并用翅膀庇护它们。"

其他观察者讲了些类似的例子。所有这些都可以解释，在芦苇丛中发现的那些明显空闲着的窝数量何以如此之多。

总之，我很同意这位伟大的爱鸟者的说法。他说，我们寻找这些鸟窝时，不管初衷是多么有善意或者充满爱心，都将这些鸟儿暴露在了危险之中，我们根本想不到它们会因此而面临什么危险，而且我们也根本不可能去救它们。"当人们发现一个鸟窝并对其进行研究时，就会留下蛛丝马迹，而这就有可能暴露里面的宝贝。一段弯曲的细枝，或者一片移动过的树叶，都有可能吸引饥肠辘辘的寒鸦，它们贪婪的眼睛就会越过这些嫩枝或树叶往下搜索。"他还讲了一只狐狸去突袭他喂养的那些水鸟。"当时大概有十二只鸟儿待在一起，它们的窝大多没有被破坏，因为它们都跟幼鸟待在一起，但是我们知道并观察过的五个鸟窝都被狐狸发现了，并且洗劫一空，这五个哪一个都没能幸免。"类似这样的事件让他很是受挫，以至于后来他"更满足于通过耳朵来确认鸟儿们还待在原地，满足于看到幼鸟有食物可吃，一切进展顺利，不去考虑它们是否有大祸临头，也不会与它们共同面对"。

8

正当雷丁大学邀我担任讲师之时，伦敦一位出版商给了我另一个建议，他认为我应该回到塔希提岛（Tahiti），时不时地给他寄点传奇性的关于当地生活的笔记。如果不是有一大家子人要养活，我一定听了这个出版商的建议，但是后来我意识到，留在家中，承担责任，这是我的义务。不过我也很快就知道了不是只有热带岛屿才会有宽广的地平线，因为大学里的回廊也可以成为浪漫的发生地。农学、动物学、植物学、地质学、地理学、物理学、化学、哲学，我离这些系或学院只有几步之遥，而其间的教授和讲师们随时以一种东方式的热情分享各种信息。

有一天，动物学系的伊恩·克赖顿（Ian Crichton）把我叫到他的实验室。"你看，"他说，"这是我两年前从南非带回来的一块泥。你把它放水里，看看会有什么情况。"他递给我一个香烟罐，里面有一块从湖水里取的硬硬的黄泥，因为夏天温度高，它被晒得像撒哈拉沙漠一样干，上面还贴了个标签"南非开普省龙德弗莱（Rondevlei，Cape Province），一九三七年三月六日"，而我跟伊恩谈话的这一天是一九三九年六月十九日晚上七点四十五分，距离采集这块黄泥的时间已经过去了两年三个月。第二天，我把它放入一个玻璃广口瓶，倒进蒸馏水，并把瓶子盖好，确保灰尘钻不进去。

六月二十五日早晨，距离我把这块泥拿回来还不满四天[1]，我取了一点瓶中水的样品，把它放到显微镜下观察，发现它"活了"。有几百只鞭毛虫在眼前来回穿梭，就像是缩微版的蝌蚪。还有很多其他单细胞生物，形状是椭圆形的，滚动着急速行进；另有一些可见的微生物，个个都在自己的轴线上自转。

第二天，我又取了一些样本，但所有那些生命形态竟然都消失了，二十七号和二十八号这两天它们踪影全无。接下来的两天我没法做任何观察，但是到了七月一日的早晨，我发现水的深度稍稍高了四英寸，大概在瓶底一英寸高的地方，有一张纤细的灰色丝网，看起来很像是蜘蛛网，水平地从一端延伸至另一端。后来这丝网越变越密，到下午的时候它就已经能够聚合在一起

---

① 此处当是作者笔误，应当是"还不满六天"。

了，水被搅动的时候它就跟着摇动，就像是海面上漂浮的水草。二十五号那天出现的数百只鞭毛虫现在增加到了上千只，而且变大了，更有活力了，它们前冲后撞，缠绕，转弯，猛跑，那种剧烈劲儿就跟蜜蜂嗡嗡地成群飞时差不多。

这是下午五点钟。到了晚上八点，我准备了很多新的载物玻璃片，但这些鞭毛虫竟然又不在视野范围内了。我又看了一下原先的玻璃片，发现所有那些微生物都聚集起来了，组成了一个不规则的圆环，它们围着这圆环不停地游动，这一变化实在是令人吃惊。第二天，它们分成两个亲密而紧凑的小组，不过到中午两点时它们散开了，踪影全无。

以上是一个周期。七月七号这一天，我注意到在瓶子两侧出现了一片片的黄色真菌，到处都是绿色的斑点，在瓶底黄泥上生出很多气泡，组成一些大的球体，汩汩冒出有些发亮的水面。这时轮虫也现身了，这种小虫身上靠近嘴部的地方有两圈细绒毛，或者叫纤毛，这种细绒毛是能转动的，形如车轮，一直在不停地转，因此得名"轮虫"。这些纤毛既造成了一股洪流，将食物颗粒吸进身体，还像螺旋桨一样，让身体保持运动。虽说身长不到一毫米，但这些小生物的身体结构却极为复杂，有颚、内脏、卵巢和其他一些器官，所有这些都清晰可见，我甚至还可以看到卵巢里的卵，观察到颚研磨食物将其咽进胃里的过程。

在显微镜下，"真菌"溶解成了杆状的硅藻，我看到它们被纤毛所造成的那股洪流裹挟着，直接流进了轮虫的咽喉。与轮虫这些冒犯者的喧闹和忙乱相比，这些硅藻游动得很平稳，很有尊严，但是在它们的世界里，这些品质是没有多少价值的，而竞争永远都是偏向于起推动作用的一方和积极进取的一方，这跟我们世界的逻辑是一致的。

这之后过了一些日子，我就出发到河上航行了，玻璃瓶里的水面漂满了泡沫浮渣，越来越稠，我都不愿意去想回去后它会变得多么恶臭难闻。但当我回家后我震惊了，所有那些原先的小生命都消失了，眼前只是一个水晶般透明的小水池，有不少柔美的绿色水草从底部生发出来。在轮生叶的叶腋上，是一串串橙色的果实，这个迷宫一般的黄泥中出现了一些其他的生命形态，即微小的双壳类甲壳纲动物，俗称介形虫，跟针头差不多大，然而其身体结构却跟它们的大个头近亲几乎一样复杂，比如虾呀，龙虾呀之类的，这些动物我们听起来更熟悉。

在我写这本书的时候，也就是一月份①，这些介形虫的空壳已经成千上万，满满地堆在瓶子的底部；虽然已到霜期，但那绿色的水草也就是轮藻还在不依不饶地生长。每天我都会看看这点手掌大小的泥土会给我带来什么样的惊喜，要知道它可在一个香烟罐里干巴巴地待了二十七个月啊。

———————

① 时为一九四〇年。

对人来说，泥浆是讨人厌的，但是对很多其他种生物来说，泥浆却很有吸引力。比如河马和其他一些大型哺乳动物——它们跟人长得太不像了——还有很多鸟类，它们要靠退潮后露出的黑黑的泥泞地生存。除了这些，还有数量惊人的一大批生物喜欢生活在这厚厚的沃土里，而在泰晤士河中，河蚌怕是最典型的了。

我经常疑惑这些河蚌还有鸟蛤是如何找到那些孤立的水池和水域的，因为这些地方高于洪水警戒线，一般是人工开发的，所以是近代的产物。对此我百思不得其解，直到读了丘（H. W. Kew）所著的《贝壳的传播》（The Dispersal of Shells）①才恍然大悟。正如作者所说，"农场主可能在靠近丘陵放牧地的中间地段为牛挖掘水槽，完工数年后，几乎每一个水槽都会出现一个软体动物群"，虽然这种现象经常见得到，但还是颇令人惊讶。他接着说，产生这种奇怪现象的原因之一是，像鹬和沙锥这样的鸟在浅水区喝水时往往会不小心将脚趾伸进半开半合的贝壳里，而这时软体动物就会将壳合拢，并且好长时间不再打开。与此同时，受惊的鸟儿就会寻找新的草地。当然，这里并不是为水生有壳动物辩护，只是指出其行为恰恰是它们对刺激的自然反应。泰晤士河里的小鸟蛤对鸟，与澳大利亚大堡礁（Great Barrier Reef）上的巨型蛤对那些无意中将手或脚伸进它老虎钳的潜水者，其实都是差不

---

① 哈里·沃利斯·丘（Harry Wallis Kew, 1868—1948），英国业余动物学家，银行职员。《贝壳的传播》是其最知名的著作之一。一种腹足类软体动物 Ameranella kewi 以他命名。

多的，并没有太多恶意。之后怎样就只能"听天由命"了，悲剧发生时，鸟儿们与潜水者的遭遇是一样的。之前有报道滨鹬、燕鸥和凤头麦鸡的，它们的喙被贝壳牢牢地咬住了，等人们发现时，它们已经死去，或者将要死去。最离奇的一个例子是在美国，在弗吉尼亚州的帕芒基河（Pamunkey River）上，鸭子都没法成活，因为在浅水区小鸭子们就被河蚌抓住，卡在蚌壳里，最终在涨潮时被淹死。

但是鸟儿们并不是唯一的受害者。蝾螈、青蛙甚至还有水生甲虫，这些家伙都是超级敏捷，却都被发现让贝壳咬住了它们。曼彻斯特博物馆（the Manchester Museum）中展览了很多这种被贝壳咬住的动物。

在很短的时间里，为牛新挖的水槽就加入了这么多不活泼的水生有壳动物，真是令人惊讶；同样令人震惊的是，在这个地球上，还有广阔的水域从未出现过鱼这种动物。从某种角度看，世界历史发展到现在这个阶段，已经不可能有适合鱼类生存却不见鱼的河与湖，这应该是太没头脑的想法吧。

这说的是加拿大。朋友查尔斯·奥多诺休（Charles O'Donoghue）①之前一直在马尼托巴大学（University of Manitoba）担任动物学教授，现在雷丁大学谋得了一个相似的职位。他告诉我，

---

① 查尔斯·奥多诺休（1885—1961），英国动物学家。他描述了加拿大西北地区的很多物种。

自从落基山脉的一个重要分水岭形成，再后来又过了几千年，那个地方都没有鱼，直到现在，那里的水域都没有见过一片鱼鳞。

一般来说，自然湖都会有一个出口，流向大海，也就是经过这个通道，各种鱼会进入内陆。加拿大这些湖汇成的河会形成一个高高的瀑布，这道瀑布就是一个不可逾越的屏障，甚至鱼族（Pisces family）①中最具运动天赋的也无法跨越。各种低等的水生生物都会找到进入湖中的途径，但鱼却从来不能。人们说，分明是这里的水不适合鱼类生存，它一定是缺少浮在水面上的微生物和植物，科学家们将这些总称为浮游生物。但是奥多诺休具有极为敏锐的观察力，他发现这块土地的地貌如何因冰川时代而成形，他还注意到了瀑布的高度。然后他开始研究，从不同深度分别取了一些水中生物的样本。分析显示，只要给鱼一个机会，让它们进入那些湖，它们就能在那片水域里生活，简而言之——这中间有长达七年的时间——他在一九二七年引入了鳟鱼卵和鳟鱼苗。四年后，第一个渔夫被获准进入湖中，他用三个半小时时间抓到了一只一百磅重的鳟鱼，而普通鳟鱼平均重量只有四磅。

---

① Pisces 是一个废弃的鱼类分类学术语。

9

一个宁静的下午，我把船拴在一片幽静的回水区。透过镜子一样的河水，我痴痴地看着木贼，它们的毛缘都蔓延到了池塘的外缘。古希腊医生、草本植物学家迪奥斯科里斯（Dioscorides）①认为木贼非常迷人，"小小的灌木丛，草茎纤弱得像芦苇，有很多节点……在各节点相连之处，叶子生得小小的，跟松针很相似"。在英格兰的北部，还有苏格兰的某些地方，木贼被称为pad-dock-pipes或paddie-pipes——在苏格兰，人们是用paddock来称呼青蛙的——乡下人认为，从沼泽地里传来的呱呱蛙鸣应该是由这样的空心管发出的。

后来，我的思维转向了它们的远祖，那时它们是参天巨树，有五六十英尺高，像柱子一样高耸，后来它们演变成了我们用的煤炭。而到今天，整个英国境内最高的木贼也就跟人的高度差不多，平均高度则只有十到三十英寸。我还想，在远古时代，当英格兰还是热带气候时泰晤士河会是什么样子，那会儿龟和钝吻鳄一定会在泥浆里嬉戏，而河马也会时不时把鼻子伸出河面吧。正

可爱的泰晤士河轻轻地流

---

① 迪奥斯科里斯（约40—约90），古希腊医生、药理学家。他的《药物论》描述了近六百种植物和近千种药物，长期被用作药理学的基本教材。

在这时，就在比较陡的河岸下面刮起了一阵飑，速度极快，我还没来得及记下它，这飑就已经来到河边，形成了一个微型的水龙卷，于是水面立马高了大概一英尺。这风只刮了几秒钟，涡流也很快就平息了，不过它已经向我显示了水龙卷是如何形成的，我因此看到了旋风的巨大力量和速度，看到了它是如何将河水吸入，裹挟着河水及其他一切可以裹挟的东西。

世界上有很多地方都出现过"鱼雨"，但有关的记载却很少有人相信。这些鱼雨有些发生在公元二世纪，有些发生在现代社会，比如英国皇家学会（the Royal Society）和林奈学会（the Linnean Society）在它们的权威期刊上就有过相关报道。

离现在较近的一次鱼雨大概是在十一年前，一个靠近贝尔法斯特（Belfast）的地方。在一场倾盆大雨之后，几十条小红鱼落在了一户农舍的屋顶上、地面上。在此之前，阿伯德尔（Aberdare）这个小镇下过一场暴雨，有目击者说："风刮得不大，但是跟平常不一样，很是潮湿，然后鱼就随着大雨一块落了下来。"这些鱼落在地上后组成了一个狭长方形，有八十码长，十二码宽。其中有些鱼身长五英寸，有几条还活着，后来被拿去公开展览了一段时间。

纽约也报道过这类现象，说鱼落到了大街上；而在印度，鱼则落到了一个兵营的广场上。值得一提的是，几乎在每一次报道中，我们都会被告知鱼雨的发生伴随着一场格外大的雨，而且，

　　鱼并不是随意散落到一个比较开阔的空间，而是很特别地形成一个狭长的形状，这其实是受旋风的影响。不过大家千万不要将这些报道与另外一些故事混淆，有些去国外旅游的人会讲这样的故事，说鱼躺在一个干涸的水池底部纹丝不动，但其实它们还活着，当雨水降落，涨满枯池，它们就会重新活蹦乱跳。科学家们把这种现象称为夏蛰，跟我们说的鱼雨是两码事。

　　关于泥浆、软体动物还有鱼，我已经写得太多了。有一天早晨，雨下得特别大，雨水哗哗地倾泻到我脸上，大到如果那会儿天上下鲸鱼我都不会感到诧异。大雨实在太凶猛了，河面上每一个飞溅的水花都被溅射回来。水面就像是沸腾的汞。大雨沿着我覆在船上的帆布流下来，看起来很像是在井里汶苏丹（Sultan of Cheribon）①的卧榻旁嬉戏的那座喷泉，但喷泉是为了让苏丹在

---

① 井里汶，印度尼西亚伊斯兰化初期在西爪哇省井里汶建立的苏丹国。

盛夏也依然感觉凉爽，而我呢，只是在拼命不让暴雨灌进船舱。

当时恰好把船拴在一片回水区的出口处，一个很不起眼的位置。我掀开帐篷的一角，看天是否转晴，正在这时我看到河对岸有个女孩，正往上游方向快速奔跑，而且没有穿任何衣服！雨下得还是很大，我基本看不清楚，但是这个那伊阿得（Naiad）①在大雨中竟然浑身发亮，亮到让人以为她穿了什么银色的金属片，而一般裸体少女的身体我想应该是一种优美的粉红色吧。

我问自己，这是大自然的安排吗？我是一位绅士吗？不过正当脑子里为这两个念头打架的时候，我的头撞上了船篷的支柱，一股强大的水流马上就喷向了船尾，这个意外转移了我对女孩的注意力。

暴雨来得快，去得也快。几分钟后太阳又照耀大地了，我把帆布罩卷起来，准备吃早餐。突然，在河中心我看到了那小美女的头，她的头发黑黑的，上面闪动着晶亮亮的雨珠。她在往下方游，这时她也看到了我。

"你好，"她说，"你住在哪里？"

"我整晚上都在这里，"我回答她，"你从很远的地方来吗？"

"从河湾下面那块。"她说。

我突然意识到我见过她，而她也知道我是谁。

---

① 那伊阿得，希腊神话中的水泽女神。被认为同清新的水有关。

"你画了很多画了吧？"她问。

"上船吧，我拿给你看。"我装着一脸天真的样子。

"不行啊。"她说。

"干吗不呢？"我说。

"我这会儿没穿衣服呀。"

"我不觉得有什么尴尬呀。"我厚着脸皮说。

"我会啊。"

"跟你说，"我说，"这一个月我一直在观察鸟、鱼、蛙、牛、马还有兔子，这些动物可没一个会穿裤子或胸罩的。"可怜的女孩明显感觉有些冷了，我有些内疚。"来嘛，"我继续说，"壶里的水快开了，来喝杯热茶吧。"

"用一滴朗姆酒去捉飞蛾？"她的眼睛眨了眨。我马上想起，原来我们是在麦田大屋（the Barley Mow）的酒吧①见过。当时我跟她并没有交谈，但是当我说我需要朗姆酒去捉飞蛾时，她跟她的同伴与其他人一样哄堂大笑。

"你确定你找的不是野鸡？"一个当地人从角落里发问。

"你拿到葡萄干了吗？"另一个人问。

据说，将二十四颗葡萄干泡进朗姆酒里，野鸡就会像被麻醉

---

① 麦田大屋位于牛津郡克利夫顿汉普登（Clifton Hampden），泰晤士河南岸。最初是一所农庄住宅。已有六七百年的历史，可能是英国历史最悠久、最特别的一个酒吧。英国小说家和剧作家杰罗姆·K.杰罗姆（Jerome K. Jerome，1859—1927）曾经来过并在《三人同舟》（Three Men in a Boat，1889）中提到这家酒吧。值得一提的是，杰罗姆非常喜欢划船，也很喜欢泰晤士河，《三人同舟》展现了一个一战前存在于英格兰的田园诗般的世界。

了似的，你可以将它玩弄于股掌之间。但这又说到别处去了，我都把眼前这姑娘给忘记了。她还在水里冻着呢。

"你听着，"她说，"我把衣服放在拐弯处的那个小屋里了，你去帮我拿过来，我就上船。"

我马上跳到岸上，跑到那个破败的小屋，但里面一点衣服的影儿都没有。我上上下下找来找去，最后正要放弃时听到了她的喊声。"过来吧，"她说，"我找着了。"

我回到船上时她已经坐在船尾倒茶了，身上裹了我的一条小毛毯。不知她以前是否见我裹过这条小毛毯，总之，她很快就发现了我在上面剪的那个小圆洞，并把头从圆洞中穿过，这样正好将毛毯变成了一件斗篷。

我们开始喝茶，没说朗姆酒，而是聊了飞蛾和蝴蝶，以及诸如此类的事情。她坦言，大暴雨经常会让她产生脱掉全身衣服跑进雨中的冲动；以前是没机会实行，这次她把斗篷落在了一棵空心树里——还问我见过她在岸上跑吗。

"哪个岸边？"我故作含糊地问。

"算了，不说了。"她说。接着她的眼睛开始盯着附近灌木林里的一棵老橡树看。"告诉我，"她说，"那只小鸟是旋木雀还是鸸？"我循着她的目光看过去。"就在那根双树杈上。"她又说。

"它是什么颜色？"我问。

"我看不到，它就在树枝后面；那边，那边，啊，不要啊，它又不见了。"

"如果它背部是棕色的，有斑点，肚子却是白色，那它就是旋木雀；如果它背部是像石板一样的灰色，胸部却略带红色，那它就是……"

我还没说出"鸲"这个词，船突然晃了一下，我转过头去看是怎么一回事，就在此时，刚刚还跟我共饮早茶的女孩已从毛毯中滑出，跳入水中，我眼睁睁地看着她鱼一般向河中心游去。

"再见，罗伯特·吉宾斯，"她冲我喊道，"哈哈，我知道你的名字。"

"那你会告诉我你叫什么吗？"我问。

"下次吧，下次我们再见的时候。"她回答道，随即就消失在了拐角处。

但再也没有过下一次。

10

我们都有过这样的经验，那就是不管我们走到世界的哪个地方，总是能碰上这样一些人，他们恰好也认识我们认识的某个人。于是，我们就会禁不住感叹：哇，世界可真小啊。这种巧合既然能发生在地球上很偏远的地区，那么在离家门口比较近的地方，这种巧合发生的概率就会更高了。

刚开始在河上旅行的时候，我曾经以为自己从此可以退隐，可以让自己销声匿迹，过一种没人认识我，我也不认识任何人的生活。然而这种幻想很快就破灭了，基本上每天我都会遇到老朋友，或者跟某人聊天时发现彼此有相同的朋友。

这些意想不到的会面中包括一个教名叫马丁的男人，他的姓我姑且不说。我们都管他叫"松松垮垮的马丁"（Loose Martin），因为他的衣服松松垮垮，总是在他身上晃来晃去，而且他那长长的、瘦弱的、有些不规则弯曲的四肢也让人感觉它们似乎随时会分崩离析，离他而去。

我第一次见到他是在伦敦。他刚从法国回来，随身带了三瓶白兰地，这是他过海峡时走私过来的，当时是把酒藏到了裤子前面的部位。"海关官员不会敲你的肚子的，"他说，"他们可能会拍拍你的左右口袋，但一个男人的肚子是神圣不可侵犯的，即使是在税务署。"

马丁是个作家。他另有其他收入来源，所以当作家并没有害他饿肚子，但是他的确会想出一些好点子，设计离奇有趣的书，或者会抓住一些不合常规的主题，并尽可能地将其刨根究底。正是他提议了《后果》（*Consequences*）这本书。此书由我的金鸡出版社出版，这个老式室内游戏的每一"角色"，都请了一位不同的作者来撰写。①约翰·范德鲁滕（John van Druten）负责"男人"，斯特恩（G. B. Stern）负责"女人"，科珀德（A. E. Coppard）负责"他们会面的地点"，肖恩·奥法莱恩（Sean O'Faolain）负责"他对她说"，还有诺拉·霍尔特（Norah Hoult）、哈米什·麦克拉伦（Hamish Maclaren）、伊丽莎白·鲍恩（Elizabeth Bowen）、罗纳德·弗雷泽（Ronald Fraser），以及负责"世界的声音"的马拉奇·惠特克（Malachi Whitaker）。②这本书由科珀德编辑，出版后

① 后果是一种经典的室内游戏。参与者依次在一张纸上写下单词或短语（传递前折纸将其隐藏），通常涉一男一女（名字、特点、穿着），他们会面的地点，说的话，发出的动作，其后果（the consequence was）和结局（the world said），由此串连起一个往往是荒谬的小故事。《后果》共分九章，由下述九位作家协力完成，出版于一九三二年。

② 范德鲁滕（1901—1957），英裔美籍剧作家和戏剧导演。以对社会机智文雅的观察出名。斯特恩（Gladys Bronwyn Stern，1890—1973），英国女作家。作有大量小说、戏剧、传记、回忆录和文学批评。科珀德（Alfred Edgar Coppard，1878—1957），英国作家。以描写乡村风光和人物的短篇小说闻名。奥法莱恩（1900—1991），爱尔兰作家。短篇小说多写爱尔兰中下阶层。霍尔特（1898—1984），爱尔兰女小说家。在《后果》一书中，她负责"她对他说"。麦克拉伦（1901—1987），苏格兰诗人。以海洋抒情诗见长。他负责"他对她的所作所为"。鲍恩（1899—1973），英国女小说家，鬼怪故事作者。她负责"她对他的所作所为"。弗雷泽（1888—1974），英国小说家，外交官。撰有大量长篇小说。他负责"后果"。惠特克（1895—1976），本名玛乔丽·奥利芙（Marjorie Olive），英国女作家。以短篇小说闻名，被称为布拉德福德的契诃夫（Bradford Chekhov）。

可爱的泰晤士河轻轻地流

获得了巨大的成功。

　　马丁还有过一个提议，说应该让某人去找一个有神明一样洞察力的人，让对方告知自己的命运，然后把这预言写下来，分别送给六个不同的作者，每一个作者都要用自己认为是最好的方式去实现这个预言。对这条提议马丁给出的理由是，预言一般都表示问题会有多种解决方式。"比如说，"他说，"对方告诉我我要渡过深水去从事开创性工作，那可能就意味着我要去法国画画，去爱尔兰写书，或者去非洲造一条铁路桥。"不过，他的这个提议不幸落空了，因为在我的建议下，马丁自己去见了水晶球占卜者，而对方不但对他的过去看得很准，也讲了他未来可能会面临的困难，这样马丁自己对占卜这事就再也不敢以儿戏态度视之了。

　　我上次见他是在十一年前，那会儿他要去美洲远航。当时他带了好几个装货箱，里面装满了用皮革包边儿的旧书，他希望靠着这种包装能把书卖个好价钱（书的内容其实不值一提），但我以为他应该是错过了时机。这次我见他是在泰晤士河上，时间大概是早上七点，当时"垂柳"正在往下游自主漂流，我只是偶尔才划一次桨，以防它撞上河岸。

　　"请问您能帮我把这条鱼线弄一下吗？"有个声音传来，我向对面看去，发现灯心草丛后面有个渔夫。

　　"把那些睡莲拨开，"他说，"上面有条鱼。它在根上缠住了。"

　　我照做了，马上线尾冒出了一条大约七磅的狗鱼。几分钟后

我们把它弄到了岸上。

"这事简直太少见了，这是我用同一个鱼饵钓上来的第二条鱼，"他说，"尤其是对狗鱼来说更是少见。先前在草地那边，我钓上了一条小的，没多想，又把鱼饵扔到水里，谁知道这条大的竟然上钩了，我还没来得及喊它就掉进水草里⋯⋯哎呀，该死，是你，罗伯特。"

"是我呀。"我说。

我把船系好，跟他一块回家吃早饭。

"你现在忙什么巨作呢？"坐定后我问他。

"女阴雕刻品（Sheela-na-gigs）①，"他说，"你听说过这东西吧？"

"从来没有。"

"真是个好教徒！这种女阴雕刻品今天看来有些不成体统，在爱尔兰有很多地方将它们放在教堂对着圣坛的门上，以驱走魔鬼。"

"还真是没听说过呢。"

"你肯定没有，"他说，"很多都被拆下来了，有一些虽然还保留着，但也辨认不出来了。我这儿有一张画，画的是在蒂珀雷里郡（County Tipperary）的罗切斯镇（Rochestown）发现的雕刻

---

① 一种有着夸张阴户的裸女雕像，多安置于教堂、城堡等建筑的门窗部位，以达到驱魔辟邪的目的，在爱尔兰和英国尤为常见。

品；还有一张，来自德罗赫达（Drogheda）。你左边那张很不端庄的女性是在卡文郡（County Cavan）的一个教堂，这个教堂早就被拆了，但是这雕刻保存在爱尔兰皇家学会（the Irish Academy）。为了避开恶毒眼光，城堡的大门上也会出现这种雕刻。有一张来自巴利纳欣奇（Ballynahinch），另一张来自莱曼纳亨（Lemanaghan）。我感兴趣的是，"他说，"你在世界各地都能看到同样的符号。印度，太平洋，墨西哥，不管在哪里，只要有原始民族存在，那你就得相信这些图像是有作用的。"

"那你会为这些东西写本书吗？"我问。

"不会，"他说，"我宁愿当个外行，但是我在为更有智慧的下一代保存资料。"

他住的农舍只有一个房间，整体是由木头建成的，只有山墙是用砖砌成的，但这些砖都已经严重发黑，好像是最近遭遇过火灾。屋顶是波状纹的铁片，上面还有一片片红漆，看起来是新喷上去的。

"在这铁皮底下你该听到椋鸟的动静了吧，"他说，"要不我干吗一大早去河边呢，它们在这木吊顶上踩来踩去，闹个不停，刚到黎明我就睡不着了。"

"你这里似乎着过火呀。"我说。

"真是很讨厌，上周差点烧起来，糟糕透了。大概深夜两点，我听见脚步声，我想，应该是踩在那种碎石路上的声音。有一阵子我怀疑是小偷来了，所以就一直等着，等到我以为他们已经到了窗外。然后我就跳起来，拉开窗帘，打算朝他们脸上照手电筒。天哪！我这个地方已经成了个地狱，木头和树正噼里啪啦，火星四溅。我赶紧从屋子里飞跑出去，但是地面上已经有烧着的木头碎片了，所以我又跑回去穿鞋子。我穿上了裤子，却找不到皮带。接下来两个小时，我都在朝着那些墙角泼水，希望能阻止火势蔓延，但每次我举起水桶，我的裤子就往下掉。我全身都有被烧的痕迹。"

我试图告诉他在南海有一种渡火仪式，经由巫师念过某种咒语，当地人就能从非常烫的石头上毫发无损地走过去，但是他对这个话题并不感兴趣。

不是不感兴趣，只是他再也不想听任何关于火的话题了。他知道火的破坏力有多大。"那他们走的那个地洞有多大？"他问。

"大概十五到二十英尺宽，五到六英尺深。"

"那怎么把它烧热呢？"

"铺上好多层原木，再放上小木料，烧一整个晚上。"

"跟石头放在一起？"

"是的。"

"巫师挥动几片叶子，然后就光脚在石头上走？"

"是的，不过他会提前在晚上祈祷、念咒。这种仪式是非常庄严隆重的。"我说。

"你信这些？"他问，显然对此有所怀疑。

"我信，"我说，"我认识的几个人他们见过这种仪式，更有意思的是，其中一位曾看到一个被巫师禁止进入的男人走进去，结果这个男人就被烧伤了，伤得很严重。他破坏了禁忌。"

聊到这里，我们又说到那些椋鸟，在上个季度，它们在马丁外门上的那个小箱子里安了窝。"要是它们让我一起共用那只小箱子，我就不在乎了，但是它们不愿意。邮递员来送信的时候，要是我恰好不在那里，那这些鸟就会把信从箱子里叼出来，扔到路上。我一次又一次地试着破坏鸟窝，拿走树枝、麦秆、枯草、蓟、鞋带、常春藤的叶子、欧芹。有一次我离家几个星期，回来后，眼前的情景终于让我忍无可忍，那个鸟窝还在那里，还有六个蛋在里面。我只好认输，又做了一个信箱。最小的那些椋鸟两周前飞走了。"

于是我给他讲有些山雀可不只是把信扔出信箱，它们还会把信撕得粉碎，并用这些碎片来筑巢。

接着话题又转到了母爱。我给他讲我听来的关于一条母狗的故事，据说这条母狗要去看望它的一窝幼崽，这时人们已经让它给小家伙们断奶很长时间了。最后，它只认出其中一只，而那是一只出生时特别娇弱的幼崽。马丁则接着讲了一头母牛，小牛犊死了，母牛极度悲痛，于是一个好心的旁观者就将小牛犊的皮用

可爱的泰晤士河轻轻地流

一些东西填满了，再还给母牛。母牛对这"牛犊"舔来舔去，表现出一种只有真正的母爱才能给予的温柔，但到了后来，填进去的一些干草露了出来，而母牛也似乎忘记了悲痛，把干草给吃了。然后，我又对马丁讲了从恩特曼（M. M. Enteman）那里读来的故事，她写的是"群居黄蜂的行为"①，"一只工蜂因为没有食物给幼蜂吃，只好咬掉幼蜂身体的一端，让幼蜂的另一端来吃掉"：这是一个本能战胜理性的例子。马丁则讲内布拉斯加州（Nebraska）的查布鱼②会跃出水面，抓住在河边饮水的牛群身边飞舞的苍蝇。我又说起了南美洲热带丛林中的土著居民，每当他们身上寄生了一种微小的穴居型蜱虫，他们就会躺到溪流里，让鱼帮他们把这些寄生虫清理干净。

后来马丁带我去看他屋后树林里的獾穴。通往獾穴的小路被踩得很实，很容易就能看到它们宽宽的肉掌和五个脚指头留下的印儿。它们的"老巢"靠近一棵橡树，这棵橡树的树干周围堆了十八英寸高的土，是獾们挖完洞后从身上蹭下来的。

"它们吃东西时表现得很脏，"马丁说，"狐狸要是杀了只羊或兔子，它只吃它想吃的部分，剩余的部分它不会动，但是獾却将吃剩的肉块和皮毛的碎片扔得遍地都是。另外，"他说，"这你

① 吉宾斯读的可能是恩特曼（Minnie Marie Enteman）博士发表在 *Popular Science Monthly* 第六十一卷（1902）上的文章 "Some Observations on the Behavior of the Social Wasps"。
② 在北美，chub 一词适用于多种鲤科鱼类。许多无亲缘关系的鱼类在英语中有时也称 chub，如白鲑科白鱼属的种类。

可能知道，"——但我恰恰不知道——"就是獾去抢鸟窝时它不会抓鸟，而是将所有的鸟蛋拿到鸟窝外吃。而狐狸入侵鸟窝时会先捏断鸟的后颈，把它扔到鸟窝外，然后吃窝里的鸟蛋，走时再把外面的鸟带上。"

我们在树林里闲逛了一会儿，但是除了一只鼹鼠的死尸，上面爬满了甲虫，没发现其他有趣的东西。打算独享这美味的小猫头鹰盯着我们看，但我们可没发现它。据说，猫头鹰会在近地飞行时突然袭击鼹鼠，但是它们把鼹鼠放在洞穴附近不是为了吃它的尸体，而是吃那些聚集在尸体周围的甲虫。

后来我们就回到船上，彼此说了再见。太阳驱散了所有乌云，我高高兴兴地把裤子换下来，穿上了我的塔希提腰布（*pareu*）①。在老相识马丁逐渐淡出我的视线前，我为他吹了三次海螺壳②。一个农场主说，他的马一听见这种声音就会脱缰猛跑，这件事我可不太乐意写出来。

---

① 这种腰布是一块颜色非常明亮的棉布，与马来莎笼（Malay sarong）的穿法差不多。——原注
② 海螺是珊瑚礁上较大的软体动物之一。最初，太平洋岛民在打仗时用它做喇叭。把末端的东西除夫，空空的海螺壳就可以吹出与狩猎的号角一样的声音。现在当地人通常在晚上钓鱼时用它来相互示意。在珊瑚礁上海浪的轰鸣声中，海螺壳发出的声音实在是难以忘怀的音乐。在英国，与这种声音最相似的是来自白马山（White Horse Hill）上的一种可吹奏的石头。——原注
　　海螺，原文作conch（前鳃类海螺）。吉宾斯指的可能是最大的现存螺类澳大利亚喇叭螺（*Syrinx aruanus*）。

11

在河上有这么一小块地方：在某个时间段，有五个星期的时间，一千位渔民得凭许可证钓鱼。除了狗鱼，其他鱼都不允许宰杀，捕来的都要被放进"活鱼笼"，在收工时称重，然后放生。这个习俗很是奇特。

在多数情况下，我并不觉得捕鱼是多么残忍的事情，因为大多数鱼似乎对险境很不敏感，我想这些人类娱乐的牺牲品很快就会忘掉那种一整天都跟别的鱼幽禁在一个密闭空间中的极度紧张感。但是，人类却在这种毫无意义的运动中让鱼遭受大量不必要的痛苦。我经常看到有男人在河岸上走，鱼竿上的鱼还悬在半空中，只是为了向他们的妻子或孩子炫耀自己的战利品。一次次我看到鱼又被重重地丢回水中，从空中到落入水中大概有十二英尺，甚至更高，所以才会在河中看到很多死鱼。对鱼来说，鱼鳔控制它在水中的平衡，是一个极为敏感的器官，但人这种粗鲁的行为毫无疑问会严重扰乱鱼鳔的平衡机制。

我见过一条查布鱼，显然它就是那样被人们粗暴地扔回去了，因为它连潜入水中都很难做到了。它往前游的时候，背鳍就露出水面；而当它试图潜水的时候，它的尾巴又只能在水面上无助地拍打。

孩子们也会给鱼带来这些毫无意义的痛苦。拟鲤、欧白鱼或者雅罗鱼，这些被鱼钩钩住的鱼在孩子们的手中一个接一个地传递，动作可一点都不温柔。

对我来说，在岸边连着坐几个小时只是盯着浮子看，这可一点都不有趣。或许这种消遣本来就不是为了有趣，应该把它归到催眠一类中。我曾经向人询问，问他钓鱼时是否感觉枯燥无聊，他的回答是不，因为当他对拟鲤厌烦了后，他会改钓鲈鱼。我想，一个人在山林小溪间行走，在急湍的深水中与棕色的鳟鱼较劲，相比起来，窝在折椅上午睡一定显得很无趣。不过这都是相对而言的。与庞大的金枪鱼和剑鱼奋战了几个小时的人，一定顾不上小溪里那些半磅重的小鱼。

就我而言，我不喜欢这种垂钓游戏。没什么实用目的，而且让那些根本不会伤害人类的生灵承受好几个小时的痛苦。无论如何，我们只该为饮食而宰杀生灵，不管它是鸟，是牲畜，还是鱼。但是文明人却对这些丝毫不触犯人类的生灵施以漫长的死亡拉锯战并享受其中，这在我看来实在是令人深恶痛绝。

在蝌蚪桥（Tadpole Bridge）上有家鳟鱼酒店（the Trout Inn），它在酒吧间的墙上挂了一个标本，是用一条大鳟鱼的头做成的。店主的说法是，这样大家就再也不用争辩鳟鱼的舌头上有没有牙齿了。它的舌头上的确有牙齿，这个标本显示得再清楚不过了，顾客只要扫一眼，就可以清楚地看到在鳟鱼张开的嘴里，有四排短而锋利的针一般的牙齿：颚的每一侧都有一排，另一排是在嘴上方，还有一排沿着舌头边，是为了与舌头连起来。

这条鱼的来历也有些稀奇。那是一九三八年，酒店附近的一个庄园决定排空一个小池塘，而为了排水，就要把从水池到河边的水管清理干净。那天下午一切都很顺利，到了晚上水就开始畅通了。但第二天早晨庄园主人再过来查看时，发现池塘的水几乎跟他昨天离开时一样满，这很是令人奇怪。而当他发现有一条庞大的鳟鱼被卡在了管子的入口处，就更震惊了。因为被卡住了，这条鳟鱼无法移动，鳃盖又被两旁的渔栅给压住了，因此死在那里。把它从水里捞出来一称，重达九磅十一盎司，如今它的头被安在一个木质盾牌上，成为这一钓鱼者云集之地的绝好纹章。

鳟鱼变成标志性纹章并不少见，康沃尔郡彭罗斯家族（the Cornish family of Penrose）就将这种鱼作为纹章。在一个有国王、方旗骑士（banneret）①及亨利六世（Henry Ⅵ）②时代骑士的卷轴中，有两个骑士，他们在盛装的马背上挥动武器，正在进行殊死格斗。其中一人盾牌和披风上绘制了鳟鱼；另一人盾牌和披风上则将狗鱼作为纹章。确实，有一整本书都在讲以鱼为纹章的故事：黑线鳕、鲱鱼、大菱鲆、鳗鱼、黍鲱，这些都曾被用做纹章；甚至飞鱼也被"网"捕获，但是司宗谱纹章的官员觉得这些还不够，于是又"捕杀"鲸鱼，"诱捕"特里同（Triton）③和美人鱼。

但是我已经从我个人的经验写过美人鱼了④，无论如何，这个话题不宜再谈，所以在此我会来说说狗。

两个男人和一条长了疥癣的牧羊犬坐在鳟鱼酒店门外。这两个人谈论眼前这条狗。

"这狗没救了，"狗主人说，"已经带它去看了三次兽医，我烧热了一只生锈的马蹄铁，用这样的热水给它洗澡，但它一点毛都没再长。该死的要是真没救，这河就是它唯一能去的地方了。"

---

① 方旗骑士，欧洲中世纪的一种骑士，他们有权在战场上打一面方旗（与一般骑士的燕尾旗相区别）。后成为授予有卓越战功者的荣誉称号。
② 亨利六世（1421—1471），英格兰国王（1422—1461，1470—1471），兰开斯特王朝最后一位君主。他政治上的无能是玫瑰战争的一个起因。
③ 特里同，希腊神话中半人半鱼的海上精灵，海神波塞冬与安菲特里特之子。传说他以海螺壳为号角来控制海浪。
④ 指第九章遇到的那个裸体少女。

"要是我把它治好了，你就把它送给我吧？"另一人问他。

"它治不好了。"第一个人说。

"我能治好它。"第二个人坚持说。

"没有人能治好它。"第一个人说。

"你敢打赌吗？"

"要是它背上能长出一根毛来，我都输给你一瓶威士忌。"

"握手成交？"

两人握了下手。

"听着，"第二个人说，"下次你去法灵登（Faringdon），你去找药剂师，你对他说，你说，将六打兰①的杂酚油掺在半品脱芳香的食用油中，普通的杂酚油就行；让他不要用别的东西冒充，不要太贵的。到家后你把那掺兑好的东西摇晃几下，抹在狗身上。不是全都抹上，只要能把皮肤抹匀就行。这一招特别管用，狗也不能把它蹭掉，只要它在一星期内不跑到沙地里边打滚。"

狗的主人仍然面露怀疑之色，但是这个提供建议的人却不让他有丝毫犹豫。"听我说，"他说，"你还记得我的那条西班牙猎犬吧，那条黑色长耳猎犬。它的毛很好看吧？但以前却黏黏糊糊，有血腥味。那是一个寒冷的夜晚，我听到有条狗跟着我，它两只耳朵旁的冰溜子都碰在了一起，听起来像教堂的钟在响。有一

---

① 打兰（drachm/dram/drachma），英制重量单位。在药衡中为八分之一盎司，合三点八八克；在常衡中为十六分之一盎司，合一点七七克。

段时间，它耳朵的擦伤处一直在流血。是的，从头到尾，它的黑毛上都在流血。你知道是谁治好了它吗？说说看，"他说，"你知道——？"他的嗓音低下来，变成了耳语，我听不清他说的那个人的名字，但是我想那个人一定是遇到了什么麻烦，一件跟偷猎有关的事情，而且显然这个人很有名气，有很多狗。"所以，"这人又提高了声音，"杂酚油杀死了臭虫，而食用油滋养了毛发。"

后来我听说这条牧羊犬真的长了一身好皮毛，就像是穿了价值一百畿尼①的紫貂皮。

再往下游走不远，还有另一家酒店，我无意中又听到了一次谈话。我走进酒店，感觉里面的氛围整个地说是相当"得体的"。侍者身着燕尾服，有菜单，并且像餐巾、大小刀叉等常用的餐具都一应俱全，花瓶里还有半死不活的花。我旁边的桌子前坐了一位父亲，一位母亲，还有他们大概十四岁的儿子。

"明天我们就到凯尔姆斯科特（Kelmscott）了。"父亲有点矜持地说。

"到什么科特？"儿子马上就问。

"凯尔姆斯科特庄园，威廉·莫里斯（William Morris）②住过

① 畿尼（guinea），英国一六六三至一八一四年间流通的一种金币。名字源于西非的几内亚，那里出产的黄金被用来铸造这种硬币。其价值等于二十一先令（1717—1816）。后仅指等于二十一先令的币值单位，常用于规定费用、价格等。
② 威廉·莫里斯（1834—1896），英国设计师，诗人，早期社会主义活动家及自学成才的工匠。凯尔姆斯科特位于牛津郡，它也是莫里斯晚年创办的出版社的名字，在此，他自己设计并铸造铅字，印刷了一些精美的书籍。

可爱的泰晤士河轻轻地流

的地方。他是个诗人，你知道的，写过很多关于社会主义及诸如此类的书。他也印刷了很多书。"

"去年我们不是去过了吗？"儿子问。

"嗯，不，那次去的是宁静湖（the Silent Pool），有个女孩溺水了：她自己沉入了水草中，呃，要躲开那些，呃，呃，她不喜欢的关注……"

"什么样的关注不让人喜欢，爸爸？"

"嗯，这个嘛，有些人非常喜欢你，但是，呃，你受不了，嗯，嗯，很讨厌的事情。"

男孩虽然同意，但还有些怀疑。

"之后他们排干了湖水，以为鳟鱼要死了，"父亲说，"但后来湖里的水又满了。"

"我还是不明白女孩为什么要投水自杀？"儿子说。

"你来点水果沙拉还是柠檬奶油？"母亲问。

我并不总是偷听别人谈话；真的，我更喜欢的其实是回避世人，所以对我来说最好的时间就是晚上，或者黎明之后的几个小时，这样的时间段里除了有牧人把牛交还，基本没有人活动。八月份里那些安静的清晨在我的记忆中如此清晰地留存，远超过诸多短暂的谈话留给我的印象。在那些美好的早晨，太阳从薄雾中升起，如象牙圆盘一般，令人疑惑它根本不能发光或发热；我也想念那些晚上，夜幕笼罩着河水，时光静止无息，这与清晨是类似的。我经历事件、过去、现在和未来，恍如走在一大片正在休憩的牛群中。这件事是昨天发生的，那件事是明天的；未来跟过去一样确定。最终，是我随着它们而变化。

就在不久前——说的是地质年代——大象、犀牛、剑齿兽和灰熊都曾在此流域生存；野猪则生活于灌木丛。大量的驯鹿、欧洲野牛也可能在此涉水而过，现在这里有一座平房和一个跳水板。在更早的时候，这里也曾经有繁荣茂盛的热带植物：棕榈树和露兜树、肉桂树、番荔枝树，还有一种栀子花，与那种在塔希提岛极为重要的小白花塔希提栀子（tiare）并不完全相同，但很可能是其近亲。在塔希提岛，如果一个人将塔希提栀子戴在左耳后，表示"我想有个爱人"，戴在右耳后则表示"我有了一个爱人"，我去这座岛游玩时发现几乎无人不戴这种花①。

我曾经预测，在河上遇到的麻烦之一是蚊蠓等小虫子。我做好了被"活吃"的准备，不过不知怎的，我从未感觉被任何飞虫咬过。每天晚上都有上千只蚊虫上船，在我的顶棚下安营扎寨，但从没叮咬过我。见它们越多，把它们放在显微镜下观察得越仔细，我就越感慨它们简直是生命的奇迹。我们崇拜图坦卡蒙法老墓，崇仰帕台农神殿、巴拿马运河，这些都是人类智慧的产物，但这些小虫子的翅膀或者触角却是最聪明的大脑都不可能设计出

---

① 此花分布于南太平洋诸岛，却非塔希提原生。之所以如此命名，是因为标本采自该岛。至于在耳后戴花的含义，吉宾斯可能搞反了。

来的。

水晶也同样如此：我们都知道，不管是黄晶、紫晶还是钻石，任何一种晶体其分子结构都是一样的，因为构成晶体的分子都是以一种特殊方式排列的。于是，更大的晶体也只是由相同的结构组成。就像孩子们不可能将正方形的积木变成三角形，钻石也不可能变成正方形。

但即便我们对此都无异议，"为什么"这个问题还是横亘于心中。

切尔西（Chelsea）的老教堂街（Old Church Street）三十号，是一个阿拉丁的藏宝洞，里面发掘了大量的宝石。大多数石头的价钱甚至比不上去伦敦西区的一家餐馆吃顿晚餐，很多石头只要不到一百根香烟就能买到。

我认识这么一个人，他总是把一些诸如此类的石头放在口袋中，而且喜欢把石头放在手里攥着。我终于看到了一些精美又能永存的东西，他说。今天他手里拿的是一块出自德比郡（Derby-shire）的紫色萤石，也或许是坎伯兰郡（Cumberland）的一块金字塔形的烟晶。明天，他可能能带上马达加斯加岛的水晶。在他身上，那种生命的"白驹过隙感"（the sense of *tenancy*）比我所认识的其他任何人都要强烈。"我们只不过是匆匆过客，"他说，"匆匆过客。鲜花会凋谢，树木会朽坏，金属会腐蚀，但这些石头却会保持不变。"他没有任何亲人，但是他感觉他与那些曾经或将会拥有、爱惜这些石头的人之间存在某种亲密关系。

我的书桌上有一块经雕刻和打磨过的玛瑙，在同一轴心，有玫瑰、象牙与深红三色，共同包围着一块看似在流动的紫水晶。几年前我用几先令买下了它，以后再没往它身上花费太多心思，它那种颜色的浓度一如往昔，明澈而清爽，就像是一潭固化的池塘，不会被风或潮水所搅动。

很少有人能意识到，即使是最普通的石头，其中也蕴含着动人的美；那些在路边的一堆沙砾中安家的小昆虫，也会将沙砾视为自己的宫殿。

12

　　所有水生植物中，菖蒲的叶子大概要算最精致最优雅的了。那弯曲的叶片就像精心打制的弯刀，在风中妖娆地摇摆。因为有香气，所以过去人们常将它散置在家中和教堂的地板上，比如诺里奇大教堂（Norwich Cathedral）。关于这一点，麦肯齐·沃尔科特（Mackenzie Walcott）① 在他一八七二年那部《大教堂的传统与习俗》（*Traditions and Customs of Cathedrals*）中提到了：一次前往教堂的宗教游行，队伍中有马车，也有骑马者，"前面有龙骑兵，开道者，剑手，乐师，蓝色和银色、深红色与金色的旗子，穿长袍的顾问，执权杖者，市里的公共乐队队员，典礼官，市政当局。剑是竖着携带的。队伍到达大教堂后，院门打开，队伍从中堂进入，将发散着香气的菖蒲撒在地上，最后队列在唱诗班席门口受到教长和全体神职人员的接待"。他还提到一六三五年坎特伯雷大教堂（Canterbury）的唱诗班席也使用菖蒲，而到他写作的那个时代，在布里斯托尔（Bristol），当市长正式参观大教堂时，这种把好闻的香草撒于唱诗班席的风俗仍然存在。另一位作者提到，

---

① 麦肯齐·沃尔科特（1821—1880），英国国教会牧师。以教会学家和古文物收藏家而知名。

在诺里奇教堂，菖蒲经众人踩踏后香气变得更浓烈，所以，整个教堂都流动着沁人的香味。①

在泰晤士河的很多回水区，表面都有水池草，一般称之为眼子菜，水螟（china mark moth）的幼虫很喜欢这种植物。它的很多叶子看起来都像是穿了孔，把这些叶子放在显微镜下观察，就会在叶子的底面看到毛虫正舒舒服服地躺在叶子的中间，每一边叶子大概是一英寸半长，半英寸多宽。毛虫一点点地啃，两边叶子呈现出完全对称的形状，而且毛虫还给自己留下了足够的逗留空间。所以毛虫并不像我们的始祖那样全身赤裸，而是完全被包裹起来的。

"我们的始祖"——随着年龄渐长，我越来越为这对不幸的夫妻而困惑，两千多年来他们的故事一直这样流传。自然是残暴的——我们都知道——但是《圣经》的《创世记》更残酷。亚当和夏娃所做的只不过是任何两个正常人在类似情境下都会做的事情，而就是从这一刻起，《创世记》的叙事中就出现了越来越多的不一致。"始祖"的故事之后，接下来就是"神的儿子们看见人的女子美貌，就任意挑选，娶来为妻"。②嗯，这是一种说法，此节之后我们推断他们实际上免去了婚礼。那谁是上帝的儿子们

① 本段菖蒲（*Acorus calamus*）在英语中有多种俗称，如 sweet flag，sweet rush，sweet sedge 等，吉宾斯一开始用 sweet sedge，后面则换用 rush 和 sedge 的简称。

② 见《圣经·创世记》第六章第二节。译文据和合本，下同。

呢？当然，他们的家教应该是好的，然而他们的这种表现连二十世纪的英国人都可能为之不解。

后来上帝发现人的邪恶给这个世界造成的破坏实在太大，其实他创造了人这种生物后当即就后悔了，尤其是因为他自己的儿子都违反了他所设定的规范，于是上帝决定毁掉"人和走兽，并昆虫，以及空中的飞鸟"①；因为所有这些都让他后悔他创造了它们。鹪鹩或者青山雀这种小鸟能对这个世界造成什么伤害，以至于它们全都得被灭绝？我跟一个曾经与我进行过宗教谈话的人提到了这个问题，他的回答是，上帝可能跟我们一样也是人，而且这毕竟是他第一次造世界，要是有些错误那也完全是正常的。不管怎么说，他派了自己的儿子来纠正这些错误，那我们人就不该再奢望太多。对我来说，这就像是一个我曾经听到过的问题："如果真的有天堂或地狱，那我们该去哪里？"

我也不喜欢挪亚，他说话拐弯抹角，很不真诚——凭什么将一些动物说成是洁净的，另一些说成是不洁净的？这正是阶级划分的发端，不过偏偏没有对鱼做出洁净或不洁净的判断。②我不知道这中间的究竟，但我知道很多珊瑚是由于淡水的影响而死，而在红海，珊瑚也往往因为大雨而死亡。

① 见《圣经·创世记》第六章第七节。
② 上帝降大洪水前命挪亚造方舟以保全有血肉的活物，"凡洁净的畜类，你要带七公七母；不洁净的畜类，你要带一公一母；空中的飞鸟也要带七公七母，可以留种，活在全地上"，挪亚遵嘱而行。见《圣经·创世记》第六章和第七章。

我父亲自然是虔信《创世记》的。他同样也深信个人的罪恶，我听他说魔鬼总是一副等待的状态，像只黑猫，随时准备跳上人的后背。可能就因为这个，我一直不喜欢猫。

虽然我不想在《圣经》主题上喋喋不休，但还是禁不住想起了雅各和他那些有斑纹的牲口（《创世记》第三十章第三十一至四十二节）：

> 雅各说："什么你也不必给我，只有一件事你若应承，我便仍旧牧放你的羊群。今天我要走遍你的羊群，把绵羊中凡有点的、有斑的和黑色的，并山羊中凡有斑的、有点的，都挑出来，将来这一等的就算我的工价。以后你来查看我的工价，凡在我手里的山羊，不是有点有斑的，绵羊不是黑色的，那就算是我偷的。这样，便可证出我的公义来。"拉班说："好啊，我情愿照着你的话行。"当日，拉班把有纹的、有斑的公山羊，有点的、有斑的、有杂白纹的母山羊，并黑色的绵羊，都挑出来，交在他儿子们的手下，又使自己和雅各相离三天的路程。雅各就牧养拉班其余的羊。
>
> 雅各拿杨树、杏树、枫树的嫩枝，将皮剥成白纹，使枝子露出白的来，将剥了皮的枝子，对着羊群，插在饮羊的水沟里和水槽里，羊来喝的时候牝牡配合。羊对着枝子配合，就生下有纹的、有点的、有斑的来。雅各把羊羔分出来，使

拉班的羊与这有纹和黑色的羊相对，把自己的羊另放一处，不叫他和拉班的羊混杂。到羊群肥壮配合的时候，雅各就把枝子插在水沟里，使羊对着枝子配合。只是到羊瘦弱配合的时候就不插枝子。这样，瘦弱的就归拉班，肥壮的就归雅各。

我总觉得雅各对拉结和利亚所说的那个与他的成功密切相关的梦①，某些方面跟梦游症差不多，或者那时不存在关大门一说。换言之，他可能是一个很熟练的畜牧专家，懂得一些养殖规律，就像我们现在知道一些关于蓝色安达卢西亚鸡（Andalusian fowl）的养殖规律②一样。与此同时，他也很聪明，对这些知识秘不外传，让邻居对胎儿期影响的效果普遍保持一种迷信态度。关于胎儿期影响，这事可以写上一整章，不过在此我要收敛一下，只提几个例子，因为读者诸君怕是或多或少都知道一些类似的故事。

大概在公元四〇〇年，色萨利地区特里卡（Tricca in Thessaly）③的主教赫利奥多罗斯（Heliodorus）写了某些爱情故事——顺便说一句，就因为这个原因，他很快被免去了圣职——以下文

---

① 雅各离开岳父拉班，回归故土之前，对妻子利亚和拉结讲到了这个梦，神的使者在梦中呼唤雅各，"你举目观看，跳母羊的公羊都是有纹的、有点的、有花斑的，凡拉班向你所作的，我都看见了……现今你起来离开这地，回你本地去吧"。见《圣经·创世记》第三十一章。

② 当任何两只蓝色的安达卢西亚鸡交配，其后代百分之二十五是纯黑，百分之二十五是白色杂有黑色，剩下百分之五十则与其父母一样，也是蓝色。如果这些蓝色鸡相互交配，其结果与刚才完全相同。但如果是两只黑色鸡交配，那其后代就完全是黑色的。如果两只白中杂有黑色的鸡交配，生出来的小鸡也是白中杂有黑色的。而当一只黑鸡与一只白中杂黑的鸡交配，它们的后代会是什么颜色呢？结果令人震惊，因为它们的后代百分之百全都是蓝色的。——原注

③ 色萨利位于希腊北部，特里卡是这一地区的古城，今名特里卡拉（Trikala）。

字是埃塞俄比亚王后派尔西瑙（Persina）哭诉与女儿的分离："结婚第十年，我们还没有孩子，在正午酷暑之际我正在休息，这时你的父亲希达斯皮斯（Hydaspes）来看我，在梦里我们被告知要这样做。在此之后我怀孕了……最后我生下了你，你是一个白白的婴儿，与埃塞俄比亚人的皮肤完全不同，我对此心知肚明，因为在抱着你的父亲时，我的眼睛正盯着画上的安德洛墨达（Andromeda）。"①

这当然是虚构中的虚构，但的确反映出当时人们的信仰。

如今，位于南太平洋的普卡普卡（Pukapuka）环礁一带，人们仍然相信要是一个妇女在怀孕期间吃了一条小嘴鱼，那她将来生出的孩子也会长一张小嘴；要是她吃了大嘴鱼的头，不用说，她的孩子也会天生一张大嘴了。

在挪威的一份农业报纸上，也有类似的例子："几年前我的邻居将他的母马和种马放在一起，让它们在明亮的正午阳光下交配。他马上就意识到或许未来的马驹颜色会太浅。果然，第二年春天这匹母马产下了一只浅褐色的小马驹。去年他又让这匹母马

---

① 赫利奥多罗斯（Heliodorus of Emesa，活动时期3世纪），古希腊作家。生于叙利亚埃美萨一个太阳神祭司家庭。他唯一存世的作品《埃塞俄比亚传奇》（*Aethiopica*），叙埃塞俄比亚公主与色萨利王子历尽艰险的爱情故事。吉宾斯提到的时间并不准确，他所援引的赫利奥多罗斯是特里卡主教，因写爱情故事而丢掉圣职的传统说法，大多数学者持否定态度。《埃塞俄比亚传奇》中，埃塞俄比亚王后派尔西瑙在与丈夫同房时，一直盯着画中裸体的安德洛墨达（埃塞俄比亚公主，被珀耳修斯从海怪手中救出并娶为妻），之后她怀孕、生女，女儿皮肤为白色，她担心丈夫会认为女儿是她与别人通奸所生，遂将女儿送到埃及。几经周折，女儿差点成为亲生父亲向上天献祭的祭品。最后父女相认，一家团聚。这个故事被认为是胎儿期影响的典型例子。

与同一种马交配，不过时间是在深夜，为保险起见，他给母马又蒙上了一件旧的黑外套。结果怎么样呢？今年母马生了一只深褐色的小马驹。"

最近的一个例子发生在康内马拉（Connemara）。有一位农场主，他有一匹绝好的母马，他一心盼望它生出一匹能在德比马赛中获胜的马。为了实现这一愿望，他花大价钱选购种马。然而，小马驹生出来后很令人失望，样子不比马戏团里那些花斑小马好到哪里去。这位农场主到现在依然很伤心，但是他说这过失完全是他自己造成的，因为他将母马带出去放牧时，附近一块田地里正好有一头花牛。

我有一位朋友，受过高等教育，他相信他身上的一块胎记是因为他父亲度蜜月时被一条狗咬过，而狗咬的部位正是他胎记所在的地方。他现在还这么认为。

说到胎记，在我自己家人身上也发生了一件不可思议的事。我的大儿子出生时，右手食指上有一个圆形的黑斑。朋友说，这孩子将来会成为一个黑白画画家。护士和我妻子都给他用力擦，但这黑斑就是去不掉——大概它要在我儿子身上待一辈子了。但是大概两周之后，那是一个星期天的下午，我躺下睡觉，梦见他的胎记没了。我马上爬起来，跑到妻子的房间里，把我做的梦告诉她。"胡说，"她把儿子的小手从被子底下拿出来，"这个胎记会跟着他一辈子。"可是，儿子手上的胎记真的不见了。

13

　　要说我真的见过什么圣徒，那这个圣徒就是我的父亲。因
为有人在纽布里奇（Newbridge）的玫瑰复兴饭店（The Rose Re-
vived）外扔了一个酒瓶，我想起了自己的父亲①。他是一名牧师、
教士，本来要做教长的，比如像罗斯（Ross）教长这样的职位，但
因为身材魁梧，巡视教区时他发现没有一个房间能让他在睡觉时
伸直双腿——除非把脚伸出窗外。就因为这个原因，他只好继续
做一名教士。

　　但他是一个了不起的禁酒主义者，乡下的每一个戒酒讲台都
留下了他的身影。他并不刻板，相反，有病时他通常会在家里喝

---

① 吉宾斯父亲的名字是爱德华（Edward）。

上一杯，而且如果他知道哪位前来拜访的老绅士吃午饭时喜欢喝点什么，那待客要热情周到的原则就一定会战胜道德的戒律。

所以，当外祖父来看我们时，我父亲决定去买一瓶威士忌。在他眼里，买酒的最好地方当是一家位于科克郡两条最重要街道交叉口的大杂货店。他去了，买了他要的酒，他还问经理和店员的生活情况，问他们的关系如何，问他曾为之施洗的孩子们的情况，因为他认识城里的每一个人，而人们也都认识他。接下来，变成了经理和店员反过来问他，他们问他在乡下的生活情况，问他的大儿子在皇家海军的情况，问他那头克雷牛（Kerry cow）卖出没有，他的二儿子①是不是还想当艺术家。总之，这场谈话以他跟每一个人都握手作结，因为他的确是个很和善的人，之后他要走到圣帕特里克大街（St Patrick's Street）与南大街（South Mall）交叉的大路口。他刚到门外，像是顺利完成了一项艰难的任务，接着他把酒放进了宽大的麦金托什斗篷（mackintosh cape）的口袋。但不知道是不是因为下意识里有些紧张，或者其他我们不知道的原因，他忘记了那个口袋不但外面有开口，里面也有开口，结果这瓶酒马上就摔到了人行道上。

在任何时候打碎一瓶威士忌都是一个悲剧，但通常都是当事者本人难过，而在科克郡，这却可以引发公众的集体哀悼。一群

① 即罗伯特·吉宾斯。

人马上就凑了过来；我那不喝酒的父亲就站在他们中间，低着头看这瓶碎掉的价值四镑六便士的残酒，不停地自言自语："噢，天哪！啊，上帝啊！"

就这事我还问过外祖父，毕竟这出悲剧也是因他而起。如果说有那么一个男人可以称得上是不可多得，那外祖父就是这样一个男人。我想一定有很多哪怕是那些不知名的古文物收藏者都听说过科克郡的罗伯特·戴（Robert Day）①。到处都能看到他的收藏：赛伦塞斯特博物馆里罗马人的珠子，新西兰斐济岛人食肉用的叉子，还有你能想象到的各种勋章。已故的沃尔斯利勋爵（Lord Wolseley）②临终前不是从自己胸前取下一枚勋章，让我外祖父又多了一个宝贵的藏品吗？问题是，祖父母们有时会早早离开人世，离开孙辈。我外祖父就是这样，他的大厅里堆满了波利尼西亚的大头棒，书房里则处处是历代的黄金装饰品，现在它们都已烟消云散，而他留给我的唯一印象就是他既善良热情又英俊博学。

所有这些遐想都是因为在纽布里奇有人扔了个酒瓶。我在牛津这座被称为梦想之巅的城市（City of Dreaming Spires）最先看到的是煤气厂，然后到了愚笨桥（Folly Bridge），景色逐渐好看了起来。我下船步行到圣奥尔代茨大街（St Aldate's Street），在基督

---

① 罗伯特·戴（1836—1914），爱尔兰古文物收藏家和摄影师。他的一个女儿，也即吉宾斯的姨妈苏珊娜（Suzanne R. Day，1876—1964），是一位作家和女权主义者。

② 沃尔斯利是爱尔兰望族，最有名的是英国陆军元帅吴士礼子爵（Garnet Joseph Wolseley, 1st Viscount，1833—1913）。

教堂学院（Christ Church）的院子内消磨了一会儿时光，长途旅行令我的眼睛很干涩，在这里稍稍舒缓了些。然后，我再走到牛津大街（The High），去看望我的朋友桑德斯（Sanders）先生，他住在致意酒店（Salutation House）。这家酒店就像你能想得到的那种好书店一样舒服，还保留着十六七世纪的那种友善与安逸氛围，当时它还是致意旅馆（Salutation Inn）。几乎可以肯定，戴夫南特（Davenant）①和莎士比亚来过这里，而且在圣母马利亚教堂（St Mary's）的登记簿里有记载，在"紧急"情况下安东尼·伍德（Anthony Wood）②和凯内尔姆·迪格比爵士（Sir Kenelm Digby）③曾经被从这里带回家。房子后面一度有个斗熊场。

之后我又经过了博德利图书馆（Bodleian），在这里，我有些好奇是否有人查阅过我出版的书。这些书不是因为其本身的价值，而是借着一项普及全国的国会法案才进了牛津大学图书馆。有人告诉我，每年都要以一先令一本的代价从世界各地运来成千上万的书。木质的天花板可以追溯到十七世纪第一个十年，那些供单人阅读的小隔间旁边就是用皮革包边的书籍。很多书一直待在它

---

① 威廉·戴夫南特爵士（Sir William Davenant, 1606—1668），英国诗人、剧作家和剧院经理。他有时声称自己是莎士比亚的儿子，但其实可能是教子。一六三八年，他接替本·琼森（Ben Jonson, 约1572—1637）成为桂冠诗人。一六四三年，受封为爵士。
② 安东尼·伍德（1632—1695），英国古物收藏家。毕生收集牛津和牛津大学的文物，并撰写相关著作。
③ 凯内尔姆·迪格比爵士（1603—1665），英国查理一世时代的廷臣、外交官，享有盛誉的自然哲学家。

们从一开始进入图书馆就被摆放的位置上，还有一些书仍然被拴在书架上，一如往昔。我羡慕那些能在这里坐下学习的人，这里有如此浩瀚的知识，除了沙沙的翻书声，没有任何噪音干扰他们的思考；那种沙沙声就像是涨潮时水流缓缓漫过沙石的声音。

后来我穿过宽街（Broad Street）去拜访巴兹尔·布莱克韦尔（Basil Blackwell）①。朱莱卡·多布森（Zuleika Dobson）到牛津后没多久，一位年龄有些大的学监惊讶地发现谢尔登剧院（Sheldonian）的栏杆前那些罗马皇帝雕像的额头上有大滴大滴的汗珠，他当时正在布莱克韦尔书店购书——经马克斯·比尔博姆爵士（Sir Max Beerbohm）授权②。我（虽然出汗）跟这些雕像的情况可完全不同，因为我看到布莱克韦尔先生有整整一橱窗有关泰晤士河的书。在此之前，我除了知道可以从其水域附近慢慢搜集资料，以及自己想写一本有关这条河的书，其他一无所知。而在布莱克韦尔先生这里，我看到的是关于这一主题已经有一整个图书馆的书：泰晤士河的历史；泰晤士河附近的村庄以及横跨河上的每座桥的历史；泰晤士河支流的历史；河上的景观旅游；研究这条河的博物学家；这条河的魅力与世代流传的与之相关的故事；大量

可爱的泰晤士河轻轻地流

① 巴兹尔·布莱克韦尔（1889—1984），本杰明·亨利·布莱克韦尔（Benjamin Henry Blackwell，1849—1924）之子。一八七九年，本杰明在牛津市中心的宽街创立了布莱克韦尔书店，后来该店发展为出版和销售并营的连锁店，由布莱克韦尔家族经营。一九五六年，巴兹尔被当今伊丽莎白女王封为爵士，成为史上唯一被授予爵位的书商。下文提及的帕克先生亦为书商。

② 上述情节出自英国漫画家和作家马克斯·比尔博姆（1872—1956）的小说《朱莱卡·多布森》（Zuleika Dobson, or, An Oxford Love Story，1911）。这也是比尔博姆爵士唯一的一部长篇小说，但是非常成功，被现代图书馆（Modern Library）列入二十世纪百佳英语小说。

的地图、图表和旅游手册，等等。

"上次见你时，你上身赤裸，皮肤晒成了古铜色，穿着莎笼，看着很像河神。"布莱克韦尔先生从门里走出来。

"现在我又变苍白了，出的汗是深褐色的，感觉像是一只水鼠。"我说。他还是像以往那样和善，喜欢鼓励我。看他的样子，似乎急于知道我能写些什么，他甚至认为将来我的这些文字可以出现在他的橱窗里。

这次谈话让我很爽，之后我醺醺然走过宽街，去观察帕克先生（Messrs Parker）的橱窗，那儿的正中间摆着高更（Gauguin）的传记。有那么一瞬间，我忘记了平静温和的泰晤士河，忘记了牛津大学古老斑驳的各个学院，脑子里只有红色的沙子，蓝色的大海，还有高更所热衷描摹的那些棕色姑娘。在塔希提岛我见过他临终前留下的书信，这些书信是在马克萨斯群岛（Marquesas Islands）上他住过的小屋内发现的，就放在他的尸体旁边。据我所知，这些书信到现在还没有出版，因为涉及很多还在世的人，里面把他们描绘得并不那么讨人喜欢，而且大多数内容都是倾向于其他人的观点。

午饭时间到了，我走进迈特饭馆（the Mitre）。天气很热，可以说是酷热至极。我的邻座是两个身材高大的女人，还有一个皮包骨头的红脸男人，很明显他们三个都在忍受天气炎热之苦。侍者把他们点的饭食又确认了一次，"两份米饭加一份烤肉"，不过我点菜时没听到这小伙子重复。

午饭后我买了一打鸡蛋。英国每年要消费七十亿颗鸡蛋——这有数据可证——而我买的是其中的十二颗，这些鸡蛋我任意拿出一颗，放在母鸡尾股底下，二十四小时内就会有一个小心脏开始发育，再过二十四个小时眼睛和鼻子长出，等再过一段日子一只完整的小鸡就会孵化出来，并且自己找食吃了。

如果把这七十亿颗鸡蛋都用来孵化，让它们在大不列颠的国土上自由嬉戏，那会是一种什么样的场景？我这十二颗鸡蛋要花多长时间才会孵出七十亿只小鸡？我边想边走，这时特尔街（the Turl）①上有两个人跟我搭讪。

"请问，"老一点的那个说，"你不久前上过电视吧？"

"很可能，"我回答。"我做过几次节目。"

"在海底②，在赛璐珞上画画。"

"是在赛璐珞上。"我纠正。③

"能跟您握一下手吗？"

"当然可以的。"我说，把手递给他。

"您也跟我儿子握一下手可以吗？"

"荣幸之至。"我说。

---

① 特尔街，牛津中心地段的一条老街。

② 参见本书第十五章第一段。

③ 路人所说的celluloid与吉宾斯所说的xylonite均可译为"赛璐珞"，但前者主要在美国使用，后者主要在英国使用。也有说xylonite是celluloid的商标名。

之后，他们继续向前走，我穿过了这条街，因为还沉浸在被崇拜的晕眩中，我根本没看自己是往哪儿走。很快我就撞上了一个骑自行车的男人，六个鸡蛋就这样没了。好容易让自己挺直身板，我认真地看了看下一步要走的方向，这才发现有很多人朝着我看，他们还都把帽子摘了下来。

"见鬼了！"我对自己说。"我真成了所谓的名人了吗？"

然后，我抬头看到这条大街通往卡法克斯塔（Carfax）①，可是大街上有什么呢？一辆覆满了花环的灵车出现了。

马上就要远离牛津大学这些年岁已久的老船，远离这绿树成荫的查韦尔河（Cherwell）河口，继续我的下游之行，但是我还是忘不了戈德斯托（Godstow）那个从十二世纪就诞生了的鳟鱼酒店，忘不了河对岸的女修道院遗迹②，"为了纪念圣母马利亚和施洗约翰，院长伊迪萨（Editha ye Prioress）于一一三八年建成该院；在斯蒂芬（K. Stephen）③和他的王后统治时期，来自林肯郡

---

① 卡法克斯塔，位于牛津玉米市场街与皇后街的交叉口，是圣马丁教堂仅存的遗迹。圣马丁教堂的历史可追溯至十二世纪，因位于城镇中央，一直是牛津重要的宗教中心，英格兰王室曾亲临此地举行宗教仪式。后该教堂日益式微，仅存卡法克斯塔，塔高七十四英尺，可居高临下眺望牛津各个学院的古典建筑。

② 该修道院系本笃会女修院。位于戈德斯托，泰晤士河畔的一座村庄，在牛津西北约四公里处。十七世纪中叶遭到严重破坏。维多利亚时代，刘易斯·卡罗尔（Lewis Carroll，1832—1898）与爱丽丝·利德尔（Alice Liddell，1852—1934）姐妹曾在此地泛舟和野餐。

③ 斯蒂芬（1097—1154），即布卢瓦的斯蒂芬（Stephen of Blois），征服者威廉即威廉一世的外孙，英格兰国王（1135—1154）。

的亚历山大主教（Alexander Bp. of Lincoln）①修缮了它；而使其繁盛兴旺的则是诸多主教、伯爵、男爵以及其他精英"。

美丽的罗莎蒙德·克利福德（Rosamund Clifford）曾经生活于此，直到国王亨利获取了她的芳心。这个伤感的悲剧人人皆知，无须重复，但是想到这两个人惊世骇俗的爱情最后的结晶是生育了一个伯爵、一个主教，还是颇感欣慰。②

---

① 亚历山大（？—1148），林肯郡的主教，亨利一世（Henry I，约1068—1135）和斯蒂芬的廷臣。以浮华的生活方式闻名，但在其教区创建了许多宗教建筑，也是一位活跃的文学赞助人。

② 罗莎蒙德·克利福德（约1140—约1176），据信是沃尔特·德克利福德（Walter de Clifford，1113—1190）之女，通常被称为"美丽的罗莎蒙德"（The Fair Rosamund）或者"尘世的玫瑰"（Rose of the World），因其美貌及作为英格兰国王亨利二世（Henry II，1133—1189）的情妇而闻名。英国民间流传着很多有关她的故事。在此，吉宾斯提及她与亨利二世生有两个孩子，但这一问题在史学界一直有争议，约克大主教杰弗里（Geoffrey of York，约1152—1212）和索尔兹伯里伯爵威廉·朗斯沃德（William Longsword，3rd Earl of Salisbury，约1176—1226），这两个人经史学界确认，均不可能是罗莎蒙德所生育。——七六年左右，罗莎蒙德退隐到戈德斯托的女修道院，随即去世。

可爱的泰晤士河轻轻地流

马上就八月底了，战争迫在眉睫。我的旅行也因此加速了，时间紧迫，我不可能再从容地去流连那些庄园，它们的草坪紧挨着水边。就这样，我满脑子回味着两岸低垂的绿柳、警告标志，还有跳水板，来到了纳尼汉姆公园（Nuneham Park），在这里，我遇到了克拉丽莎（Clarissa）。看样子她大概十岁左右，当时她正在一只长不足六英尺的小船里，向上游方向前进。我们相遇时，她感叹了一下夜色的美丽，对此我很乐意地表示赞同。她说夜色是"相当的令人赏心悦目"；她还说她和姐姐还有父母都在附近野营；的确，露西拉（Lucilla）正在栈桥上给对岸的树林画速写。

露西拉是个艺术家。我猜她大概十四岁。经由她妹妹介绍，而且告诉她我也有成为艺术家的抱负，且明确表示我会先给她看我的作品，她才给我看了她的一些作品。后来她们告诉我有一栋小屋和一座桥我真的应该画一画，于是我把船停靠在一边，她们把我带过去，指给我看那处在她们看来最美丽的风景。我把那处风景画了下来，但与真实的小屋和桥相比，我的画逊色太多了。

在阿宾登（Abingdon）这个小镇，我本该去参观修道院的，在一五三八年之前，这座修道院就已经有八百多年了，它的历史多半就是这座小镇的历史。我应该去瞻仰一下它那建于十五世纪的门楼，看看它那十三世纪的壁炉——这个壁炉配有烟囱，据说是同时代英国境内唯一一保存完好的壁炉。我也该去参观圣海伦教堂（St Helen's），因为这是"伯克郡（Berkshire）最美丽的垂直式教区教堂"①，它同时还是一个贫民救济所，"在不同年代得到各种基金支持"。但这些我都没有去看，相反，我走进一条小巷，买了一个废纸篓。

买这么个东西看似很琐碎，但对我来说它的用处可不一般。它的容量大概有两蒲式耳，至少能连续用一个月而不必把它清空，这对家庭主妇来说很恐怖，不过对画室来说这一点可是太重要了。而且，从屋子里任一角落扔垃圾都能命中目标，所以办公桌、写字台和画架就可以共用这一个容器。最后同样重要的是，这个字纸篓千真万确是用柳条编成的，是农场里使用的。它让眼睛变得愉悦，也跟很多家庭使用的那种"花哨装饰"形成了有趣的对比。

在萨顿考特尼（Sutton Courtenay）附近的萨顿湖（Sutton's Pool）有很多瀑布，美得像个童话世界。月光下——我在那儿的时候月亮恰好是圆的——这真的是生命中极为难得的时刻。不过尽管天时地利都全了，却单单缺了祝福，于是我继续前行，将傍晚的这黄金时刻用于观看那些在大坝上钓鱼的男孩，将入夜之后的银白时刻用于欣赏鸊鷉、泽鸡和雄水獭，看样子这老家伙在这

---

① 垂直式的（Perpendicular），建筑术语，指十四至十六世纪一种英格兰哥特式建筑风格。

片轻柔地泛着水涡的领域中掌握着绝对的领导权。

第二天我有时间驻足停留，将苹果滩（Appleford）这个村子里的小教堂画了下来。画完之后我感觉喉咙很干，于是就去找村子里的水泵。路上我发现了黑马酒馆（Black Horse），在这里我听到了约翰·福克纳（John Faulkner）的故事，这是个赛马的骑师，最近刚刚跨过了"他人生的最后一道坎"。约翰活了一百零四岁，八岁时就以骑马夺冠，七十多岁时还活跃在马鞍上。他一生结过两次婚，有三十二个孩子，除了一个因意外丧生，其他都还健在。最大的八十五岁，最年轻的则是三十九岁。

"他的葬礼不是很完美吗。四匹黑马拉着马车到教堂。"

"其中一匹马是不是涂了颜色，比尔？"

"嗯，跟一周前的颜色不同。"

所有的人都知道"老约翰"。在黑马酒馆他有自己的专属位置，只要他一进酒吧，就没人坐在那个位置。在河边他也有自己的固定点儿：人们称其为"福克纳的小岛"，没人敢在那个地方钓鱼。"钓鲃鱼（barbel）①的，这就是他，非鲃鱼不钓。"

九十岁时老约翰摔断了大腿，可能跟骡子有关。"你再也不能走路了。"医生说。"这可说不准。"福克纳说。七个星期后他自己走到阿宾登又走回来，这中间大概有八英里的距离。

他为一个叫帕尔默（Palmer）的主人参加过无数比赛，后来这个帕尔默的名声变得极不光彩。

"先生，您听说过帕尔默吗？他杀死了自己的妻子，并因此而被判绞刑。他一个接一个地再娶，然后再毒死这些女人。这个人有很多匹马。"

福克纳也有自己的马："饼干"（Biscuit），这匹马让他在全国越野赛马大赛中获得第二名；还有"瑞普·凡·温克尔"（Rip Van Winkle），这匹马尽管花了他五先令，只帮他赢了些小比赛。②

他临终前最后说的话是要一杯啤酒。而当他连一杯啤酒都没

① 鲃（barbel，又作barb）是一类淡水鱼，典型种类的口周有一对或多对须，鳞大而亮。欧洲的四须鲃（*Barbus barbus*）体细长，唇厚，口呈弯月形，须四根，用以搜寻鱼类、软体动物等为食，是良好的游钓鱼。一般很难钓。

② 英俚take the biscuit有获胜、夺冠等意思，有时也用作反语。瑞普·凡·温克尔是美国作家华盛顿·欧文（Washington Irving，1783—1859）同名短篇小说的主人公，他在山中一睡二十年，醒来已人事皆非；在英语中，指跟不上时代的人。

可
爱
的
泰
晤
士
河
轻
轻
地
流

法喝下去时，家人就知道"这个老头完了"。

在克利夫顿汉普登（Clifton Hampden），我去了麦田大屋，虽然很想在这个好客的地方多待几日，但是战争的威胁愈发逼近了。我只好加速向雷丁折回，一路经过的收费桥的桥拱下总共有一百二十八个毛脚燕的窝，之后在多切斯特（Dorchester）停留了一个小时，因为这个小镇有太多古迹，为无线电天线塔挖洞的老妇人肯定会挖到死人的骸骨，而加油站安装储油罐的时候也必然会发现箭头、古罗马陶器和硬币之类的物品。

14

在希灵福德（Shillingford），我把船停在河中流，把那座桥画了下来，然后继续向沃灵福德（Wallingford）前进。由这个小镇而下，泰晤士河流经一段宽广的平原，但到了克利夫山（Cleeve）附近，伯克郡丘陵映入眼帘，于是，泰晤士河最壮丽的风景之一——戈灵峡谷也就近在眼前了。在繁茂的栗子树后，两岸都生长着枫树和金合欢树，山势陡峭，山上白垩矿场星罗棋布，山顶则长满了山毛榉。

在一个晴好的白日，如果站在这些丘陵的顶端，可以看到一条相当长的路。其实这里也没有什么特别的，就是很朴素，很可爱，在这地势稍有起伏的乡村，一座庄园连着一座庄园，新翻过泥土的土地与那些农作物马上要成熟待割的土地相间而存。白马山（White Horse Hills）平静地向西延伸；奇尔特恩丘陵（Chilterns）则有些躁动不安，似乎在向东匆匆翻滚。两山之间，河水从科茨沃尔德（Cotswolds）蜿蜒而过。

脚下开满了野花。大片的紫墨角兰和蓬子菜散发出芳香。地上有成群的深蓝色风铃草，要是把这种草移植到肥沃的土地上，它的颜色就会变淡；有浅黄的龙牙草穗，这种花闻起来像杏；还有金丝桃，这种草因其能做药膏和润肤霜而闻名；有黑矢车菊、黄木犀草，还有夏枯草。山萝卜和矢车菊上落着有猩红斑点的斑蛾，要是有人碰这些斑蛾，它们还会装死。千里光草上则爬满了黑色和橘色的朱砂蛾幼虫。

我第一次看到这些树林时，它们保持了一种神圣的沉默，我只是偶尔会听到树林里斑尾林鸽的咕咕声或者啄木鸟啄木的声音。而现在，当我写这本书时，许多大树砰然倒地，每小时都有三到四棵死去。四周全是落叶，一片荒凉，它们过早地枯萎了。

两个男人一天能擂倒二十至三十棵树。另外两个男人负责削去枝干，并把它们砍成一定长度，再由钉轮拖拉机将它们拉到设在林中的作坊，在那里人们将这些树用夹钳夹住，控制杆不停地将其压在锯上。昨天它还是一棵山毛榉，今天就变成了一堆厚厚的木板，明天它则会出现在各个工厂。只有一些树苗得以保留，因此，山坡很快就会像剪过毛的卷毛狗一样光秃秃的。

斯特雷特利（Streatley）与梅普尔达勒姆（Mapledurham）间

的许多远景已经退出皇家艺术学院（the Royal Academy）的金色画框，可能用"高树爱抚河流"、"阳光斑驳的草坪"或者"平缓的山与悠然的水"这样的标题更适合描述它们。我不是要诋毁这里的风景，相反，我之前已经说过，我认为这是河畔最壮观的风景之一。乡村是"可爱的"，山丘是"优美的"，树木是"秀丽的"，房子是"迷人的"，村舍是"悦目的"，但正如对一个维多利亚时期的起居室来说，太舒适、太富足就很难让人产生思想。

据说梅普尔达勒姆磨坊是泰晤士河畔历史最悠久的一个。它如诗如画，在河上游这一段，它肯定比其他建筑更适合入画。有关它的传奇故事、它的多样化形式及其间的相互作用，都足以吸引业余艺术家和更为冷酷的职业艺术家。教堂也非常适合入画，因为在背景中出现的塔楼构成了三角形的顶点，而磨坊就是三角形的底座。这一几何图形，不论以何种形式出现，都如查尔斯·霍姆斯爵士（Sir Charles Holmes）[1]所说，"几乎是所有稳定而坚固的图案设计共享的秘密"。顺便说一句，教堂内部也很值得参观，事实是，中堂和圣坛属于英国国教会教堂，而南边的侧堂却是一罗马天主教家庭的私产，他们用它来做礼拜或举行葬礼。

我本来应该把这一系列建筑都画下来，但是因为我天性懒惰，便给自己找了一个理由，说太阳的位置不合适。编出这样的

可爱的泰晤士河轻轻地流

---

① 查尔斯·霍姆斯爵士（1868—1936），英国画家和艺术史家。

借口不费吹灰之力，也很具有诱惑力，因为画画这种劳动在任何时候都需要付出努力和艰辛。这种懒惰的惯性必须加以克服，如此，来自外界的因素才能刺激人思考。可我总是轻信，"更好的东西"在下一个拐角处。很多时候我出门时信心满满，回家时发现自己两手空空，而且还自欺欺人。

过了梅普尔达勒姆，乡村就沾染了人的印记，要是不能在晚上驶过这一段，那就最好来一次温柔的醉酒。两者我都办不到。还好我运气不错，我与一艘蒸汽轮船同时到达雷丁，因此赶上观看了四个男孩的特技表演，他们并列在纤道上跑了好几英里。

这是我在英格兰所能看到的最近距离的表演，在其他地方我见过跳水男孩和流浪艺人。这四个年轻小伙子在纤道上轻快地小跑，像是"小猎犬在远足"。不知何时他们中的一个就会发出战斗一样的呐喊声，而下一刻他可能就在同伴的肩膀上来个倒立，或者倚在门柱上保持头部的平衡。这之后，他又会改为慢跑，看起来慢跑就是他一贯的走路方式。几分钟后另一个会继续表演。然后他们的出场似乎就不规律了。但就是有这些插曲，他们的步伐也没放缓，似乎不需要喘气似的。

到达河边公园的圣地后，他们的兴奋劲儿和狂放劲儿再次上涨，一时间他们表现得像是在嘉年华上放肆大胆的小丑，他们在震惊的游客群里翻跟斗，在坐了一些人的座位上翻跟斗，用手跳舞，其间还伴随着其他插科打诨。所有这些就像一出芭蕾舞剧一样冒失而不顾后果，而这竟然发生在雷丁。他们最后得到了他们该得到的奖赏。

可爱的泰晤士河轻轻地流

15

战争爆发了，但我已经超了服兵役的年龄，而且一战时我还中了一颗子弹。我使了个障眼法，说自己可以在潜水艇上作画，因为我曾经戴着潜水头盔在水底工作过；但看来我注定要在大学里尽自己的义务了。我并不在乎什么，但总是焦躁不安。另一方面，我离这条河很近，能够观察它的各种情绪。即使我只能对此做零星半点的记录，那或许也能让人们意识到，正是人类的愚蠢制造了这场空前的灾难，并且也只有人在为此付出沉重代价。自然的世界并没有受到影响：鲜花仍然绽放，鸟儿依旧歌唱，蝴蝶还在飞来飞去，而河水照样向着大海奔流。

十月初我去了科恩河（River Colne），从它在莱奇莱德与泰晤士河汇合的地方一路向上。这里很安静，走在路边的时候我感觉万物都在进入冬眠状态。灯心草枯萎了，芦苇变黄了，柳树的叶子一片片落到河里。也很少能听到鸟叫，只是偶尔会传来知更鸟或者鹪鹩的叽叽喳喳声。后来我无意中靠近了一排树篱，才意识到现在正是秋天，是收获的季节。树篱的枝条上至少有十种不同的浆果，有黑莓和常见的红山楂，有可以酿出好酒的接骨木莓，旁边还有野玫瑰猩红色的种壳。有黑黑的成群的女贞和鼠李，以及多汁而深红的欧洲荚蒾。再旁边是野苹果树，卫矛也亮出了粉色的果实。在这些浆果上面都并生着黑白两色的泻根，每一种都结有深红色的果实。眼前的这排树篱，包括所有长在它上面的植物，都在清晨阳光的沐浴下闪闪发光，美轮美奂。

两周之后我到了亨利镇附近的树林，这里的山毛榉叶子悬浮在暗色的常绿灌木黄杨和结有红色浆果的紫杉上，呈现出柠檬与金黄两种颜色，实在令人称奇。在空地上，狭叶柳叶菜已经枯萎，变为银色。而长在河边的白杨树，它们稍低一点的树枝还是绿色的，但高处的树枝却已经转为黄色。栗子树那深红色的树叶则从其最靠外的树枝开始凋落。一切都是那样平静安宁，甚至风都吹不起一只蜘蛛。在腐烂的树桩里，蜘蛛们的家会是什么样子呢，深黑的地洞里满是泛着露水光芒的蜘蛛网。

我意识到早前我对这些手艺精巧的小生物不是特别友好，一味地优先考虑人类，心胸实在有些狭隘。蜘蛛的确有点鬼鬼祟祟，它们总是设好罗网，悄悄潜伏，随时准备突袭。但是我们人类也总是在荒野上布设陷阱，然后引逗猎物靠近，并非出自生存必需，而纯粹是为了娱乐。如此来看，这跟蜘蛛又有多大不同呢？我们总是喜欢对他人吹毛求疵，而忽视了反省自己。

蜘蛛网简直可以说是一种奇迹：每一根丝都是由更细的丝组成的，据我们目前所知，这种丝对蜘蛛的体重而言是最牢固、最具有韧性的。从显微镜下看，除了螺旋状和辐射形的作为内部支撑的丝，每一根丝上都有一种黏性分泌物，很像是一种排列相对稀疏的珍珠项链。

萨沃里（T. H. Savory）在其著作《不列颠群岛的蜘蛛与其同目动物》（*The Spiders and Allied Orders of the British Isles*）[①]中较好地描述了蜘蛛网的编织过程。他这样写道：

先把底线铺成一个四边形，或者一个大三角形。然后围绕中心，在相对的两侧交替铺设半径线，并且保持各半径线构成的角度大小完全相同。接着以一种张得很开的螺旋形绕四五圈，将这些半径线连接起来，这种结构只是暂时如此。到这时，蜘蛛的运动就会由快故意转慢。然后由外向内，蜘蛛在半径线上植入一种黏性细丝。当每一根半径线都加入了这种细丝后，蜘蛛就快速地用一条后腿将这一螺旋形的东西铺开。由此而产生了一种黏性分泌物，这种分泌物覆盖在表层，就会分解为很多等距离分布的滴状物。蜘蛛开始工作时，刚才那临时性的螺旋线就会卷起来，被蜘蛛吃掉。中心平台最后完工，由几圈细丝组成，在排列上不完全是螺旋形的。

蜘蛛要么待在网的中心，要么藏在叶片或其他临近物体后面，一条腿总是触着一根通到中心的线。

[①] 西奥多·霍勒斯·萨沃里（Theodore Horace Savory, 1896—? ），英国生物学家，语言学家和翻译理论家。此书初版于一九三五年。

据说蜘蛛喜欢音乐，经常会从天花板上跑下来，盘旋在音乐家头上，但是从借助音叉所做的实验来看，音乐的震动与那些被诱捕到网中的苍蝇发出的嗡嗡声很相似，因此我们要把这种表面上对艺术的爱好归为一种更为原始的冲动。同样喜欢以苍蝇为食的蜥蜴也有类似情形——虽然我知道有一只蜥蜴"嗜好"巧克力酱——朋友威廉·默多克（William Murdoch）①给我讲他在瑞士居住时，蜥蜴经常爬到窗台和阳台的栏杆上，静静听他弹钢琴。

蜘蛛也许并没有什么审美知觉，但它们却真的很聪明。单举一个例子，在刮大风的时候它们会将小石头系到网上，这样在暴风雨中就可以将网压住。尽管我们很不喜欢它们在我们的屋子里结网，但还是会将它们的丝拿到科学仪器下仔细观察，以求更精确地研究这交叉线。蜘蛛丝比蚕丝更精细、更轻、更结实。在马达加斯加一度有过蜘蛛纺织业，手套和长袜都用蜘蛛丝织成，但是过度的结网耗尽了蜘蛛们的体力，而这种工业在商业上也无法获利。在英格兰的乡村地区，蜘蛛网经常被用来止血。

关于蛛形纲这一大家族，有人说"在动物王国里只有这一种动物在求爱时会随时陷入危险"，很多人对雄蜘蛛充满同情，因为它们在完成使命后大部分会很快被配偶吃掉。我的想法是，或

---

① 疑即威廉·戈登·伯恩·默多克（William Gordon Burn Murdoch，1862—1939），苏格兰画家、探险家和游记作者。自称在南极吹奏风笛的第一人。

许可以说它们死得好，死得正当时，因为它们往往是在心醉神迷之际死去，而且从此再不必为家庭事务烦心。

十一月中旬的时候橡树依然呈黄褐色，而与其临近的山毛榉却已经让风给吹光了叶子。山雀、旋木雀和金冠戴菊在这些树间飞过。在榛树灌木丛中，知更鸟、鹪鹩，或许还有一对越冬的黑顶林莺，在柔嫩的花序和黑黄相杂的残叶间跳来跳去。榛子树下是深红色的树莓。树莓下则有真菌、簇生黄韧伞（其绿色的菌褶环绕着树桩），还有蓝色菌盖在落叶中伸出头来，这种菌相当好吃，它的茎是淡紫色的。落叶下面是蚯蚓。

在所有生物中，我们很少会重视蚯蚓，但是至少达尔文写过一部三百多页的著作，专门谈论其生活习性[①]。在他著作的最后一章中，他这样说道："在英格兰的很多地方，它们的身体每年都要穿越十吨以上的干土，并将这些干土翻到地表"，正因为有它们的贡献，那些极具考古价值的古代遗迹才得以掩埋并保存；也正是因为它们的劳动，"那些有须根的植物和所有的籽苗都拥有了最好的生长环境"。蚯蚓把落叶拖到地洞里，将其储存为食物，"叶子会被撕成极为精细的碎片，部分被消化吸收，被肠道

---

① 此处当指达尔文（1809—1882）生前最后一部重要的著作《腐殖土的产生与蚯蚓的作用》（*The Formation of Vegetable Mould Through the Action of Worms*，1881），简称《蚯蚓》。这部著作很是畅销，出版后其销量曾一度超过了《物种起源》。对达尔文来说，这部著作是向早年研究兴趣的回归，他从一开始就非常迷恋无脊椎动物，如在爱丁堡大学研究海绵，在剑桥大学狂热地搜集甲虫，此后终其一生他都对无脊椎动物保持关注。

和泌尿器官分泌物浸透，此后就会与很多土掺和在一起"。最后，达尔文总结道："犁是人类最古老又最有价值的发明之一；但远在人类出现以前，土地早已被蚯蚓耕耘过，而且从古至今一直被蚯蚓耕耘着。有哪些动物像蚯蚓这种低等动物一样在世界历史上发挥过如此重要的作用呢？"

在林间空地，野鸡躲在红色欧洲蕨下面，而绿色的苔藓则为兔子们铺好了软软的垫子。灌木篱墙边，高脚菇长出了有褶边的菌盖，而枯死的树枝则染上了"珊瑚斑"。

这年年轮回的四季，每个季节都是最好的。我们生活中的每一年、每一个小时都是丰富多彩的。昨日已成追忆，明天是否一定会到来？

这年年底，我又回到克利夫顿汉普登的麦田大屋。这所房子可追溯到一三二〇至一三五〇年，是"曲木"（cruck）或曰"支柱"（crutch）建筑的经典代表，而这种类型的建筑大概已有两千多年的历史，奥维德和维特鲁威（Vitruvius）[①]都曾经提及。一般来说，这种建筑将一组组弯曲的树干做成拱形，在其最高点用横梁串连起来。有了这种结构，房子才能造成。早先的建筑一般都没有直立的边墙，其建筑都是沿着原木的弯曲处而展开；但后来人们在拱上设计出了水平的连接梁，直立墙也就造出来了，两者因此相得益彰。如本章插图所示，这种特征尤其体现在酒店的山

---

① 马可·维特鲁威·波利奥（Marcus Vitruvius Pollio，前1世纪），古罗马御用工程师、建筑师，古典建筑的经典之作《建筑十书》的作者。

墙处。

杰罗姆·K.杰罗姆（Jerome K. Jerome）对这所房子的描述是
"河上最雅致、最古老的酒店"，我想这是对的。不过最吸引我的
不是缓斜的山墙，而是茅草屋顶和橡木镶板，人在其中倍感安谧、
舒适，就像是住在自己家里却又没有任何家庭生活的烦恼。

在此逗留期间下了一场小雪，我沿着深色的流水在岸上走，
四面八方都有沙锥和野鸭出现。很奇怪，所有的鹬科鸟类夏天时
都曾在河两岸徜徉，而到了冬天它们就去非洲找寻温暖，但是跟
鹬科鸟类外表如此相似的沙锥，却从挪威飞渡北海，跑到泰晤士
河来过冬，要知道这里最近也刚刚走了一大批鸟啊。

雪中都是鸟和动物的踪迹。从一个树篱的洞孔，我能看出曾
有一群山鹑跟着它们的领头鸟从这里走过，它们的脚爪留下了扇
形的图案。后来它们可能是受到了惊吓，因为脚印很快就消失了，
这说明它们应该是飞走了。地上还有苍鹭的脚印，一个的脚指头
紧连着另一个的脚后跟，呈单线排列，这一壮观的景象一直延伸
到水边，就是在软泥上也还能看到它们留下的踪迹。泽鸡的距①
并不直指后方，而是随着每只脚的外趾而行。野鸡虽然一贯姿态
很骄傲，但是脚抬得却不高，每个脚印间都有一些稀疏的划痕。

---

① 雄鸡爪子后面突出像脚趾的部分。

我跟着一只扫雪（stoat）①的足迹。最初，它在飞奔，每隔一大段路才会有两个脚印，就这样，它很快就到达了它的狩猎区。随后，它闻到了一种气味，于是这种快速的狂热步伐就停了下来。接着，它朝着一个方向跑了几码，犹豫，折回，重走旧路，再次闻到那种气味，于是追上了它的猎物。又一天，我跟踪了一只狐狸。它一点都不着急，只是慢吞吞地在河边走，因为可能会有鸭子躲在桤木下休息。只有一会儿工夫这只狐狸显得有点犹豫，它发现了一只野鸡的足迹，它停下来，横跨一步避开，然后吸了口气。最后它断定不值得为野鸡驻足，于是继续它的寻觅。

时间还是十二月，秃鼻乌鸦却已开始关注同类和它们的窝。它们成对栖息在老巢或老巢附近，彼此展开热烈的讨论，显然是在说一些悄悄话。罗伯特·迪德科克（Robert Didcock）先生在公路上工作，他告诉我如果这些鸟在树的高处做巢，那就表示这个夏天会很舒适，如若它们离开一棵之前在上面做过好几年巢的树，那就表示这棵树快要死了。然后，他指给我看一棵高高的榆树，几年前秃鼻乌鸦总是在它上面筑巢，但突然它们就舍弃了它，现在这棵树真的死掉了。

新鲜的雪在我的脚底下发出咔嚓咔嚓的声音，一只野鸟正在我眼前飞，虽说好多年没扣过扳机了，但我的脉搏却随即为之加

---

① 鼬科鼬属动物，又名鼬獾（ermine），其白色毛皮在毛皮贸易中称为白鼬皮。英王爱德华三世（Edward Ⅲ，1312—1377）时期，仅王室成员有资格穿用。

速。我想，这是因为，哪怕是一个再懊悔的罪人有时在重温过往的罪过时也会隐隐感到一种兴奋吧。有这样一个故事，希望读者没听说过，讲的是一个老妇人向神父忏悔她曾经违反过某条戒律，这条戒律大概是十诫中最后面的一项。

"你违反过几次？"神父问。

"只有一次，我的神父。"

"多长时间了？"这个神职人员问道。

"大概三十年了，神父。"

"你以前告解过吗？"

"告解过，神父。"

"你应该知道告解后就没必要再为这同一宗罪过而忏悔了吧？"

老妇人停顿了下，然后以一副吐露秘密的语气低声说："嗯，可是我愿意再把它拿出来说说，神父。"

如今我只带着一个双筒望远镜行走在乡村，而昔日我提的是双筒猎枪。虽说我现在的日子更快乐，但是对往昔的回忆跟这老妇人的态度是一样的。

距克利夫顿汉普登很近的西诺顿山（Sinodun Hill）非常有名，它是威特纳姆保护区（Wittenham Clumps）的一部分。西诺顿山历史悠久，即使那些最不懂行的游客都会对那些了不起的土木工程叹为观止。古代不列颠人、罗马人、丹麦人都曾经在这里待过。但相比过去，我更乐意看到现在的它。最让我兴奋的是，在那些迎风而立的山毛榉枯树间，竟然有那么多啄木鸟的窝巢。有这样一棵树，它的树干在距地面大约三十英尺处折断了，树上被深深地啄了五个洞——当然其他树上也有洞，只不过相对来说洞没那么深——其中三个洞朝北，一个朝东，另一个朝西，但是没有一个是朝南的。这一点，啄木鸟跟其他鸟是一样的，它们并不在乎鸟巢是否能照到阳光。在两个保护区中，很多树都有一个或更多的鸟窝，但是里面是否都有鸟蛋我不太确定，因为鸟窝都很高，而且树干往往都没有枝条，光秃秃的。

那一天天气有些特别，一股东风横扫山谷，呼啸而来，把我的衬衣都吹得鼓了起来。它把世界的其他部分都敞开了，但却没有途径释放。在此之后，出现了一种不可思议的现象，天空中下起了银雨，天地间各处都散落着水晶，这时每一个休眠的花苞都变成了珠宝，每一株嫩枝都成了王冠。

类似景象我平生只见过一次，那是在都柏林，一九一七年。我在皇家兵营（the Royal Barracks）①服役，即将听命奔赴萨洛尼卡（Salonica）。与此同时，一支大约两百人的先遣队要开赴法国。

---

① 皇家兵营始建于一七〇二年（起初只简单地称为兵营[the Barracks]），英军在此驻防长达两个世纪，一九二二年移交爱尔兰自由邦时，为纪念已故爱尔兰国父迈克尔·柯林斯（Michael Collins，1890—1922）而更名为柯林斯兵营（Collins Barracks）。今为爱尔兰国家博物馆的分馆。

"外面很滑，长官。"我的勤务兵早晨叫醒我的时候说。那天是周日。

"你昨晚在俱乐部里待了多久？"我问。

"啊，长官，就像穿着溜冰鞋爬在一个油腻的杆子上。"他根本就没回答我的问题。

但是当我去吃早饭时我发现勤务兵的话一点都没夸张。要是冰是平的也好，或许还能走得过去，但是营房的广场是又滑又不平，要走过去简直是不可能的。我只能在光天化日之下摇摇晃晃地挪动，唉，哪个军官都没像我这样狼狈过，即使是在下半夜。

先遣队那天要去法国了，十点钟，他们在广场列队完毕。上校抓着他的副官，这边滑一下，那边滑一下，力图保持他的尊严；副官则由准尉副官扶着；准尉副官呢，他在靴子外穿上了袜子。

士兵们被喊立正，他们马上摆出最佳姿势，问题是当他们被要求"稍息"时，同样的麻烦又出现了。上校向士兵们讲话，用很动人的言辞给他们讲军团的优良传统，最后他说他相信当重任在肩时他们一定会坚定不移地去执行。

"齐步走"的命令一下，所有的先遣队员就齐刷刷地倒在了地上。第一个人倒下了，其他行列的人也就像九柱戏的木瓶一样，再也支撑不住。

"我们还没出发就先趴下了。"有人说。

"我的肋骨都被撞翻了。"另一个边揉着屁股边说。

可爱的泰晤士河轻轻地流

后来有人告诉他们能怎么走就怎么走。于是他们终于出发了，死死抓住街上的围栏，在下水道旁的树木间胡乱穿行，就这样才上了船。

霜冻和冰雪一结束，洪水就爆发了。船桨是用鱼梁①做的，冒泡的水就从这船桨的缝隙间流过。成千上万亩土地被水淹没了。牛拥挤在小山上，鼹鼠在开阔地带向高处跑，没及时离开洞穴的兔子则只好爬上柳树，靠吃树皮度日。整个河谷变成了银色的湖。洪水在流经被雪覆盖的各地区时呈墨黑色，可是现在却闪闪发亮，充满光泽，树和天空投影其中，水面的平静偶尔会被泽鸡或天鹅打破。

冬天对兔子来说很难熬，有洪水，还有雪貂，这些不声不响的小动物会潜入地洞，驱赶兔子这合法的所有者。我不喜欢雪貂，但我的朋友吉姆（Jim）却非常喜欢这种动物。他说用箱子装雪貂是犯了大错，因为它们在箱子里会很不舒服，所以它们会想尽一切办法逃出去，哪怕是把箱子咬烂。他说最好是把它们放在你的衬衣里面，紧贴着你的皮肤，因为它们喜欢你身体的温度，这样六只小雪貂就会依偎在你的怀里，就像是一篮小猫围在火炉前那么舒服。

---

① 指拦截游鱼的枝条篱。

不过我不喜欢雪貂，我更喜欢鸭子。伦敦的公园里有那么多的野禽，而且它们是那么的温驯听话，在我看来，这是伦敦生活唯一可值得欣羡的地方。在那些公园里，我用不着躲在香蒲或者柳枝的背后，也用不着手脚并用地在软泥里爬，只是为了可怜巴巴地看它们一眼，我只要在水池旁修整一新的小路上漫步，这些鸟就会自动跑到我身边，甚至飞到我的手上享受被喂食的喜悦。

很少有生物能像鸭子这么无忧无虑，尤其是头上有冠毛的，在黑黑的鸟头后面长了羽冠的，还有在身体侧面长了白色斑点的。它们总是欢闹个不停，把水溅到自己身上，显然是在分享一些开心的笑话。有一次我把这一情况讲给一位游客，但他说他不知道一种鸭子与另一种鸭子之间的区别。"对我来说鸭子仅仅是鸭子。"他说。

虽然我懂得也不多，但是当我最初开始观察这些鸟，发现它们同类间的个体差异也相当大，这种差异就像是我们随随便便在大街上碰到的两个人那样截然不同，这令我非常震惊。

在此之前，我一直以为所有成熟的雄性苍头燕雀都长得一模一样，每一只知更鸟胸部那块红色是一般大小，以为麻雀的每一片羽毛上都会有同样的斑纹。不过我很快就意识到自己错了，就像认为所有的羊都长得完全相同的人一定会疑惑牧羊人是怎么把它们区分开的。每一只鸟都像人一样是自主的，独特的。对这一点我是深有体会，天气变得越来越冷的时候，每天飞到我书房窗台边的鸟越来越多了，因为我在那儿给它们准备了食物。有一天早晨来了四只绿金翅雀：其中一只是父亲，另外三只是去年刚出生的幼鸟。相比起来，父亲体形更大，更丰满，翅膀鲜丽生动，喙也更有力量。它坚持要凸显自己的家长权力，吃东西时绝不允许它的孩子靠近。而三只幼鸟中，最大的那只是恃强凌弱型（在人类的很多家庭里往往也是如此）；最小的那个却是最放肆无礼的，在肤色上它也比兄长们要深；排行老二的这只长了一张更为玲珑精巧的嘴，在行为举止上也显得安静些。这四只鸟的翅膀上都有黄色斑纹，但这些斑纹也都是完全不同的。

不过有一点是共同的：它们都很具有攻击性。刚过中午没多久它们就把其他鸟都赶跑了，这其中包括青山雀、大山雀、苍头燕雀和知更鸟，这些鸟都被赶到花园里的另一张桌子上了。唯一敢挑战这四只绿金翅雀的是一只没有尾巴的麻雀，这个小东西很不好惹，当那些体形更大的鸟向它冲去的时候，它沉稳应战，猛烈还击。不消说，这个勇敢的小东西很快就无鸟敢惹了，这正与人类社会强者为王的逻辑如出一辙。

17

　　有一只老鼠与我共用画室，我白天，它晚上。作为回报，它帮我清洁橡皮。软的橡皮很容易磨出一层皮，而这层皮会把好好的画弄得一团糟。有些人会先把橡皮放在一张糙面纸上磨，磨完了才用它；另一些人，比如我，会用铅笔刀刮下薄薄的一层；但自从这小房客来了之后，所有这些担心都没必要了，因为每天晚上它都会爬到我的桌子上，用牙把那些碎片锉掉。它也不是吃掉这些碎片，我以为这完全是一种善意的表达。就这样，在我工作时橡皮就总是处于最好用的状态。

　　这只老鼠还有另一个怪癖。花生本来是我给鸟留的食物，它却喜欢把它们收集起来，藏到我的鞋袜里。不久前的一个晚上，

它弄了二十来粒花生穿过房间，悄悄地把它们藏到我第二天要穿的一双鞋的鞋头里。过了几个晚上，它又把花生藏到了我的靴子里。我只好准备了一双旧拖鞋，它从此可以尽情地把它的宝藏储存在里面，后来它还用煤灰、枯枝和树叶把拖鞋给遮起来了。

可惜人和老鼠总是为财产而争，其实老鼠真的是一种很可爱的动物，只要彼此稍稍多加一点包容，人与鼠就能成为很好的朋友。彭斯（Burns）①就是这么说的：

> 我有时会怀疑这一点，因为你真的会偷东西；
> 可那又怎样呢？可怜的小东西，你得活呀！
> 在一大堆谷物中你只取了一个小小的谷穗
> 这么小的一个要求：
> 我却拥有其他所有剩余的粮食，还会得到上帝的祝福
> 因此我不会对你偷走的那一个谷穗而耿耿于怀。

在我的果园里，一条清除了杂草的小路分开两块长草地，在这里我目睹了一个最令人难过的场面。有只田鼠每天都会带着它的孩子们穿过这条小路，但某天早晨一只老鹰来突袭了。老鹰在

---

① 罗伯特·彭斯（Robert Burns，1759—1796），苏格兰诗人。著名的《友谊地久天长》就是彭斯根据当地父老口传录下的。下文所引诗行节选自他的《致老鼠》（*To a Mouse*）一诗，第一句诗人怀疑的是人与鼠之间注定了是永久的仇敌。

树间穿梭，展开尾巴和翅膀，攫住了一只小田鼠，一点都没耽误飞行，它就把这只小东西抓住了，转瞬间扬长而去。我想看看田鼠妈妈还会不会再走这条小路，但此后它再也没有出现过。

如果说我对自然界时时刻刻都在发生的这些残杀有些多愁善感，那是因为我很清楚每一次残杀都会破坏宝贵的美。苍蝇、蚊子只不过是青蛙的一口食物，但是组成它们身体的每一个细节之处都是人所无法想象的。青蛙的身体系统非常复杂，可称为人类身体结构的雏形，但鸭子却会把它们一口吞下，而鸭子又只是狐狸或者人的一顿饭菜。

河里的鱼也会遭遇同样的厄运。我年幼的时候射杀过一只鸬鹚，当我提着它的两腿走的时候，一条鳟鱼从它的嘴里掉了出来，再使劲晃一下，结果掉出了更多的鳟鱼。第一条掉出来的鳟鱼差不多快死了，而后面的却一个比一个有精神。那天早晨它们都欢快地游了起来，头高高地扬着。每一条鳟鱼都是用了数年时间才达到这般完美的。

关于鳟鱼和钓鳟鱼，有一天，我收到了一封寄自爱尔兰的信。作者是面具湖（Lough Mask）的一个船夫，信中他告诉我：

> 我要向你描述我在湖中这片自然野生林——像是三明治——里亲眼看到的事情。这块林地出现的时间不到一百年，周边有一些小水湾，水很深，适合钓爱尔兰鳟鱼。三月

份的一个下午，我正在一个小水湾里钓鱼，看着对岸——它是向下倾斜的——正是这会儿，我看到一个极小的女人，大概六七岁孩子的身材，两手端着一种像是小木盘子之类的东西。她弯腰取水，之后就回到那片没成材的桤木林中去了。附近没有一个人长得像她这个样子，所以我决定去看个究竟。我用了五分钟走到对岸，也可能是七分钟，但我记清楚了那块地方，因为有块空地延伸到对面的水边，在走过去的过程中我一直盯着那个地方。好，我把整个地方彻彻底底地搜查了一遍，找不到任何人或船的影子，也没看到有任何可以让人走的路。之后我决定去此地唯一的一所房子，它的主人拥有这片土地。我去了并讲了我的所见所为。说完后，我问他是怎么想的。他笑了，之后是他给我说的。他说，附近的确有几件稀奇事。他说他和弟弟有一次走他们在林间开出的一条小路，就是我来他家所走的那条。他弟弟在前面，因为小路太窄了，两人没法并行，就在这时有个小男人突然出现在他们面前。等他们走开后弟弟说，会不会是山羊啊？他说，除非这只羊还戴着一顶高帽子。

我自己从来没见过仙子，但爱尔兰有很多人非常幸运。他们会给你讲"绅士"，讲"生气的雏菊和高兴的雏菊"；他们会讲成对的仙子穿绿色外套，而单个的精灵穿红外套。你还会听到这样一些奇怪的故事，比如在圆堡（rath）①附近跳舞，两军交战，以及在仲夏夜，小精灵骑着白马跳过山间的篝火。

仲夏夜！我年轻时跳过很多篝火，那时既有虔诚的新教徒，也有德高望重的罗马天主教徒，大家都一起来庆祝仲夏夜，这异教徒的古老的火神崇拜节。但我还是从来没见过一个仙女。

沼泽地里的燕子草闪闪发光，而涨满水的水池则闪耀出蓝色的光芒。红脚鹬吹着口哨，凤头麦鸡在翻跟斗，黄色的鹡鸰则在河边泥泞之处轻捷地跳来跳去，它们的胸脯就像驴蹄草一样鲜艳。崖沙燕急速飞行，就像大风吹拂下的叶子一样，这样做是要告知大家它们回来了。与此同时，在高处，榆树的紫色花朵之上，幼小的秃鼻乌鸦破壳而出。更靠近地面的杨树摇动它们的花序，柳树和黄花柳则为今年第一批幼小昆虫的诞生而欣喜不已。

　　布谷，啾啾，扑—喂，托—威脱—呜。
　　春，芳美之春！②

---

① Rath 是爱尔兰语，意为 ringfort。这是一种环形土石建筑，多建于中世纪前期，广泛分布于北欧，特别是爱尔兰（据说至少有五千座），在南威尔士和康沃尔郡也有不少。

② 诗句引自英国诗人、剧作家和讽刺作家托马斯·纳什（Thomas Nashe，1567—1601）的《春》。原文为：

　　Cuckoo, jug, jug, pu we, to witta woo.
　　Spring, the sweet spring!

Cuckoo 为布谷鸟的叫声，jug 为夜莺的叫声，pu we 为凤头麦鸡（peewit, pewit）的叫声，to witta woo 泛指各种鸟鸣。

处处生机勃勃。每一天我们都越来越朝向太阳。所有在冬天压抑的能量都正在释放出来。一位匿名作家这样写道:"渐渐地,在开阔的乡下,庄稼的长势超过了野草,而树林和篱笆则给那些它们庇护的小东西蒙上了面纱,到哪儿都有上百只眼睛偷窥,上百只耳朵倾听,但我们却看不到这些生物,甚至完全听不到它们的动静。"

如果我们想撩开这层面纱往里看,一定不要被那些狂热分子所左右,他们以为每小时走路不超过四英里就是懒惰或身体衰退的标志。但是这些人白天去乡下远足,晚上则泡在电影院里,把白日走马观花看到的东西都忘光了。我们一定要学会走得慢一些,这样我们就会有时间思考;我们一定要学习悄声漫步,以防引起小生物们的恐慌;总之,我们一定要考虑到和平、安宁。某位去伦敦动物园(London Zoo)的游客与狼的关系极为亲密,当被问及何以能如此信任这些狼的时候,他的回答是:"伟大的爱使人无畏。"我以为正是这种温柔的思想让中世纪的很多信徒与他们生活于其间的野生动物达成了相互理解。圣高隆班(St Colum-ban)①一召唤,树林里的松鼠和其他动物就会跑到他跟前,"跳跃着,围着他欢蹦乱跳,像狗跳到主人身上一样跳到他的身上"。

---

① 圣高隆班(约543—615),大隐修院院长,凯尔特教会重要传教士。先后在法国、瑞士和意大利传教。博学多才,精通拉丁语和希腊语的古典作品。

有一只雄鹿定期拜访圣戈德里克（St Godric）[①]，因为是他将它从猎人手下救出的；还有圣西亚朗（St Ciaran）[②]，他的伴侣是一只狐狸、一只獾、一只狼和一只鹿，这些动物对他言听计从，"像他的修士一样听话"。有太多这样的故事，沃德尔小姐称之为"相互的博爱"，我相信这些故事其中有很多不只是传说。

　　早春之时，初草覆盖了河两岸被洪水冲刷的土地，水边很少有金色和紫色的花朵。怪不得芦苇莺和水蒲苇莺从国外飞回得晚，因为它们栖息的老窝——新的灯心草和芦苇还没有长出来，去年留下的干草到现在还乱糟糟地缠在一起。

　　漫步河边时，随处可见严寒的冬天对柳树所造成的严重破坏。几乎没有一棵树不损枝折叶，好多甚至从树冠到树根都给劈成了两半。尽管如此，经受了风暴的侵袭，柳树现在正发芽，那羽毛状的尖端在阳光下闪耀着银色。那些多节的树木的裂缝成了野花种子最适宜生长的地方，还有山楂、桤木、野玫瑰、黑莓的种子被鸟儿丢在这里，很快它们就发芽繁茂起来。有时桦树的翼状果实会生根，直插进柳树的内核，最终成为一棵强健的小树，支撑着柳树——这柳树是它的养父母。

---

① 圣戈德里克（约1065—1170），英格兰隐修士，被民间视为圣徒，虽然从未得到教会承认。
② 圣西亚朗（约516—约549），大隐修院院长，爱尔兰隐修事业卓越的开创者之一，位列爱尔兰十二使徒。五四八年在克朗马克诺伊斯（Clonmacnoise）创建隐修院，使该地成为爱尔兰著名宗教中心。

在树木的裂缝中不光长有植物。野鸭,还有泽鸡和灰林鸮等禽鸟经常把窝安在中空的树干里。在桑宁(Sonning)①下游就有一个猫头鹰的窝,我停下来仔细观察鸟窝所在的树洞,这时老猫头鹰慌不择路地从树后面的第二出口跑出去了,把两只幼鸟抛在身后。这一对小宝贝用一种很是高傲的眼神惊愕地看着我,过了一会儿,它们转过身去,表示谢绝我继续参观。窝里还有一只鸟蛋,这证实了一些观察者的说法,即猫头鹰每隔一段时间就会下蛋,然后再开始孵化第一个蛋,这样就导致同一个窝中幼鸟的年龄各不相同,鸟蛋也都不是同一时期的。

因为我打扰了它,这只老猫头鹰飞到了另一棵树的顶端,但就在我观察鸟窝时,它被一群小鸟给围攻了,因为这个原因,它又飞到了临近的小树林。但一只秃鼻乌鸦发现了它,并开始追它,一次次地攻击它。它再也找不到藏身之处,而乌鸦就快要把它赶到地面上了。终于,老猫头鹰躲到了一个安全地带,而秃鼻乌鸦呢,则在临近的榆树上找了个有利位置,看来是准备着随时再攻击它。那天的战斗到此为止,次日早晨我经过时发现猫头鹰妈妈还在它的窝里,我如释重负,庆幸自己没有引发悲剧。

除了植物种子在树洞间找到生存的土壤,鸟儿在此筑巢、藏身,还有无数种生命形态,它们不仅在活着的树的裂缝中生存,

---

① 桑宁是英格兰伯克郡的一座村庄,杰罗姆·K.杰罗姆《三人同舟》称之为"泰晤士河畔最富童话色彩的小村"。

也在那些枯藤死树的缝隙间潜伏，如甲虫、潮虫、蜘蛛，还有其他很多小动物。从我们的眼光来看，这些爬虫令人毛骨悚然，但它们都很满意各自的生活方式。

对人类喜欢夸耀自己的身体美，我倒是越来越感到不可思议。客观地说，我们人类这笨拙的躯体从美学意义上讲实在是很不美。为什么我们女性美的最高代表——"米洛的维纳斯"，会因为没有胳膊而更美呢？艺术家不得不把她的腿遮住，这样使得裸体雕像看起来像是建筑设计。我们当然对自己的身体构造很感兴趣，尤其是异性的身体，但这只是因为我们最强烈的本能歪曲了我们生存的每一个方面。如果我们能稍稍忘记生理冲动，将人类与其他生命形态比较一下，那我们就能对此得到一种客观的认知。比如说，与苍头燕雀或者黄鹂的羽毛一对比，我们那裸露的皮肤看起来就只是可怜的一层皮；或者当我们想到任何一种猫科动物优美的姿态，家兔与野兔的奔跑速度，马或牛的肌肉，我们就会知道人类在敏捷度和力量上有多可怜。只有在脑力上，我们才是优越的。但是看看我们聪明的大脑现在导致了多么悲惨的结果！

说到家兔或野兔，最近我了解到野兔的心脏是同体重家兔心脏的三倍，因为野兔是一种"运动型"动物，碰到危险时跑起来速度要比家兔快得多，血液中需要更多氧气，而家兔的运动只限于为躲避追捕者而跳到地洞里。不过，当休息时，两种兔子的氧气需求量是一样的，而野兔的脉搏频率则只相当于家兔的三分之一，这样就缓解了它那比家兔要大得多的心肺系统的压力。

与同等体形的哺乳动物相比，大多数鸟的心脏都要大一倍，因为飞行这种紧张而剧烈的运动需要为血液提供充足的氧气。与人相比，鸟的脉搏频率也很高。人类从事日常活动时，脉搏每分钟七十二次；小型的鸟类，如山雀和各种雀类（finch）①，其脉搏平均每分钟八百次，金丝雀一千次，而蜂鸟的脉搏甚至能达到每分钟一千四百次，这真的是相当惊人的数字。因为生存环境和生存方式不同，我们的身体就产生了不同的适应机制。

① Finch是数百种小型鸣禽的总称，为人熟知的有鹀（bunting）、金丝雀（canary）、红衣主教雀（cardinal）、苍头燕雀（chaffinch）、交嘴雀（crossbill）、金翅雀（goldfinch）、草雀（grass finch）、麻雀（sparrow）、织布鸟（weaver）等。

可爱的泰晤士河轻轻地流

我向来是不喜欢天鹅的，我以为它们既自负，脾气又坏，天性都被善于阿谀奉承的人类给宠坏了。不管走到哪里，它们总是能得到很多食物，人们尊敬它们，放纵它们。在很多国家的神话中，天鹅被过度美化了。比如在印度寓言里，白色的卷云就是沐浴在蓝天中的天鹅——不用说，这种描述很动人，尤其是当我们得知它们真的是天女（Apsaras）或者天鹅少女，吠陀天堂的女神，负责收纳战斗中被杀死的英雄的灵魂①。但故事随后并没有告诉我们，当那些英雄发现自己并没有得到预期中温暖香艳的怀抱，而是被裹在冰冷的薄雾中，他们的内心会有多么伤感。

其他国家也有这类天鹅少女的故事，她们降临大地，把她们的羽毛盛装暂时搁在一边。像变魔法似的，她们变成一些漂亮的少女，在河中或湖中游泳，华丽的衣服整整齐齐地叠在岸边。（我每次最多只能看到一根羽毛。）

人们会以为，在这种情景中，要是一个男人能偷走其中一件衣服，那衣服的主人就得跟着他走了。但一般来说，这种故事却不一定会产生一场一劳永逸的婚姻。不出什么意外，这个女孩早晚都能找到她的翅膀。于是她就会再次披上它们，飞离大地。

①　Apsaras（阿卜娑罗），英语一般译为 nymph，celestial nymph 或 celestial maiden。印度和佛教神话里的云水女神，天神与阿修罗搅拌乳海时浪花幻化而生。她们分为神祇与世人两大族系，以及诸多级类，多有各自的称谓。众阿卜娑罗美丽多情，为乾闼婆的妻子或情人。常居于河畔，在榕树或菩提树下吹弹歌舞。生性好赌，惯于蛊惑人心，喜与人间男子发生情爱关系。

但不管怎么说，一只坐在巢中的天鹅的确具有一种高贵的气质。春天的时候，泰晤士河的小岛上会有很多天鹅出现。它们坐在初发的柳芽下，像戴着王冠的女王一样骄傲，与此同时，它们那一贯充满警惕心的配偶也会庄严地在河中游来游去。我观察过一对天鹅，它们正给自己的爱巢做最后的装饰。雌的那只坐在一大堆木棒上，雄天鹅则坐在大概一码之外的地面上，背朝着雌天鹅。它伸长脖颈，捡起一根根嫩枝，从后面传给它的伴侣。然后，雌天鹅也伸长脖颈，把树枝一根根地接过来，放到它身边的巢中。这样，它们的爱巢就完全是根据雌天鹅的身材量身打造的。

与天鹅这种稍显复杂的"大厦"相比，泽鸡的小窝就显得太简陋了，这些窝大都很显眼，不过也有一些很容易错过。在桑宁有一座历史悠久的十一孔拱桥，桥身就有一个很隐蔽的鸟窝。要不是看到泽鸡的黑脑袋在岸边的夏雪片莲（Loddon Lily）[1]间闪过，我也不会注意到这一大片乱糟糟的枯死的芦苇（reed）[2]——因为最近发生了水灾，这片枯死的芦苇与其他杂物被冲到了野玫瑰丛里，悬吊在河面上。很难想象看起来如此粗糙的一团东西竟然是泽鸡的窝，即使就站在附近，也很少有人会注意到。在枯死

---

[1] Loddon Lily是百合目（Liliales）石蒜科（Amaryllidaceae）雪片莲属（*Leucojum*）植物夏雪片莲（*L. aestivum*, summer snowflake）的一个俗名。泰晤士河支流洛登河（River Loddon）岸边生长此植物，故名。

[2] 英语reed是多种高大水生禾草的俗名，包括早熟禾科（禾本科，Poaceae）芦苇属（*phragmites*）、芦竹属（*Arundo*）等属，香蒲科香蒲属，黑三棱科（Sparganiaceae）黑三棱属（*Sparganium*），莎草科莎草属的纸莎草，以及其他一些科属的植物，尤指芦苇属的四个种。

的芦苇（rush）①之下，泽鸡还藏了一些东西，我看到里面至少有七个鸟蛋。深赭色的鸟蛋与做鸟窝的材料，这两者混在一起，更是绝妙的掩饰：芦苇的暗斑与蛋壳的粗糙表面制造了幻觉。另外还有一个比较隐蔽的窝，我也是在野玫瑰丛里发现的，最初这个窝是用枯死的芦苇做成的；有了鸟蛋后，随着玫瑰丛生出绿叶，鸟窝里就添上了新鲜的芦苇，这只泽鸡会随季节变化而调整自己的小窝。出门的时候，它还会采集新的芦苇，以遮住鸟蛋。

对泽鸡会把鸟蛋遮起来，一些观察者表示怀疑，但也可能是因为他们所观察的鸟窝尚处在孵化期。众所周知，野鸡和山鹬在掩藏鸟蛋方面是最仔细的，就连卧在窝里的时候也很仔细，唯有当它们俯身到鸟蛋上时才露出一些痕迹。根据我的观察，泽鸡也是这样小心翼翼的。

所有水鸟中，小鸊鷉在掩藏鸟蛋方面怕是做得最细致的。它们的窝跟我们脑子里对鸟窝的概念完全相差万里，那就是一堆潮湿的腐烂的杂草。只要有一点点动静，它们都会把鸟蛋以令人目瞪口呆的速度掩藏起来，与之相映成趣的是，雌鸟一从外面回来就会有意换掉鸟窝边的杂草，这又体现出它惊人的深思熟虑。

之前我提过的夏雪片莲，外表上很像那种体形较大的重瓣的雪花莲，沃格雷夫（Wargrave）和亨利两地的居民都说这种花只

---

① 本段此处及以下，吉宾斯用rush（灯心草）作为reed（芦苇）的替换词。

有泰晤士河的这一段才有，这就像克里克莱德的百姓说贝母只在他们那一块的草地上生长，但这两种说法都不准确。有人在萨福克、肯特（Kent）、多塞特（Dorset）的沼泽地，还有英格兰南部的一些地方，都发现了这种百合或者说夏雪片莲，而南部乡村最东边至诺福克（Norfolk），最西边至萨默塞特（Somerset），其间的很多区域都有贝母生长。肯尼特的巴勒菲尔德（Burghfield）举办过贝母的展览，那是最为盛大的贝母展览之一。巴勒菲尔德有两座小桥，一座是横跨运河的石拱桥，另一座是横跨干流的砖拱桥，旁边还有一家令人愉快的白天鹅酒店（the White Swan）。就在小桥和酒店附近，春天的草坪上会盛开紫色和白色的土耳其帽百合，这种花白色的更为少见。

沙锥也是在临近巴勒菲尔德的沼泽地里做窝。空中早晚都充斥着它们的嗡嗡声，这声音无比诡异，一会儿从这边传来，一会儿在那边听到。人朝右看时听到这声音在耳朵左边，朝左看时这声音又从右边传来，最后我们才会在空中看到一个忽隐忽现的斑点，这个斑点以盘旋的方式越飞越高，然后又猛扑下来，展开翅膀。过了片刻，又听到了它的嗡嗡声。简直难以想象，它尾巴上的那点羽毛扇动起来竟然能发出这么大的噪音。不过，噪音制造起来确实很容易。比如蟋蟀，它只要用一条腿去蹭另一条腿，就能发出那种尖锐的声音。再比如，大多数人都知道在指间吹一片草叶就能发出刺耳的噪音。一位知名科学家说，如果把足球决赛上发出的欢呼声都搜集起来，并将这种能量加以转化，甚至都不够点亮一只二十瓦的电灯泡。

肯尼特河是泰晤士河为数不多的还能通航的支流之一，而这只是因为它是肯尼特和埃文运河（Kennet and Avon Canal）的一部分。从雷丁到埃文茅斯（Avonmouth）全长八十六英里，目前可能能从水上通行，但这段路程上却设了一百零六个水闸，看管水闸的人又很少，间隔又比较远，而且要命的是，哪怕是仅仅浮在水面上都得付很多钱。这样的旅行不会痛快。

就在巴勒菲尔德，有人带我去看凤头麦鸡的窝，还告诉我过去五年里（时间或许更长些），每年春天这块地里都会造出一个窝，而且几乎就在同一个地方——从一道树篱的豁口走六十步，与某棵树并列。它们每年都会来，却没有被任何人看到过踪影，当然带我看窝的这人除外。那天他还带我看了四只鸟蛋的碎屑，第二天我再到这附近时，鸟妈妈正在履行它的新责任，它不断地跑来跑去，头贴近地面，羽冠竖着，告诫她的下一代危险临近时一定要潜藏起来。

离这里不远，一只麦鸡给系上了金属腿环，它早已在此几英里范围内安居十一年半了，人们却是刚刚发现它。

当然，燕子、椋鸟、秃鼻乌鸦还有其他很多鸟都会返回它们原先做窝的地方——我家房子的藤蔓上，鹡鸰和鹩每年都会在同一个位置筑巢——但当我知道有一块干草地，先是被犁了一遍，后来又做过牧地，之后又犁过一遍，而凤头麦鸡却仍能准确地记得这里就是它们原先做窝的地方，还是感到很惊讶。也许，对它们来说，那个地方不只是家，更重要的是一种与之相关的联系，这与人类的情感是相似的。记得有一次我乘车经过英格兰北部一个烟雾笼罩的城镇，当火车减速准备停车的时候，我对同车的一位乘客抱怨了这个地方的沉闷枯燥。"啊，它很有家的味道。"她说，然后起来收拾行李准备下车。

还有一次，我自纽黑文（Newhaven）出发去维多利亚（Victoria）旅行，同行的有两位老妇人，之前她们一直在诺曼底一带旅行。从车窗向外望去，南部伦敦的天空下到处都是丑陋的屋顶，其中一个问另外一个："你觉得这里跟鲁昂（Rouen）比怎么样？"被问的这个想了一会儿，"呃，"她说，"不管怎么说，这里是我们的故乡。"

我总是有奇遇。在巴勒菲尔德附近，我发现了芦苇莺去年造的两个窝，这俩窝之间距离并不远，其中一个悬浮在三根柳条上，看起来像蜘蛛网，另一个则只依附在一根茎上。两个窝都保护得很好，从人的眼光来看，不需要再添加什么就足以保证来年芦苇莺还能在里面住得舒舒服服。

在通往莫蒂默（Mortimer）的道路一侧，树篱的一些树枝下面，我发现了一个野鸡窝，里面所有的鸟蛋都被橡树叶遮住了，只有一个除外。我对当地的猎场看守人弗雷德·库克（Fred

Cook）先生说了我的观察，他告诉我"它们喜欢篱笆靠水沟的这一侧"。然后，他带我去树林间的一块空地，指给我看一对山鹬每年都回来筑巢的地方，还有每年它们孵出的雏鸟都会在哪块地方淹死。他的解释是，幼鸟孵出之后，这对山鹬就会冲向田野，呼唤孩子们跟上它们。但是，虽说这条将树林与开阔的原野隔开的沟渠对成年的鸟来说不是什么障碍，但对初出茅庐的幼鸟来说却不亚于崇山峻岭。所以，每年都会重复幼鸟被淹死的惨剧。

18

　　正如斯威夫特（Swift）给斯特拉（Stella）的信里所写的[①]，这是"阴雨连绵的、凄惨的、差劲的一天"，我站在克利夫顿汉普登桥边，抄写收费条款的第一条："任何马或其他动物牵引的四轮厢式大马车（Coach）、驿马车（Stage coach）、公共马车（Omnibus）、厢式货车（Van）、大篷车（Caravan）、四轮敞篷马车（Sociable）、四轮厢式旅行马车（Berlin）、四轮活篷马车（Landau）、四轮厢式轻便马车（Chariot）、对座观光马车（Vis-a-vis）、四轮活篷夏季旅行马车（Barouche）、高四轮敞篷轻便马车（Phaeton）、四轮敞篷轻便游览马车（Waggonet）、双（四）轮活篷轻便旅行马车（Chaise）、摆渡车（Marina）、小轮活篷夏季旅行马车（Caleche）、双轮活篷单位轻便马车（Curricle）、小型单马双轮活篷轻便旅行马车（Chair）、单马双轮活篷轻便旅行马车（Gig）、单马双轮高位轻便马车（Dog-Cart）、爱尔兰单马双轮轻便马车（Irish-Car）、小型灵车（Whiskey-Hearse）、轿式马车（Litter）、双（四）轮活篷轻便旅行马车（Chaise），以及任何类似

[①]　乔纳森·斯威夫特（Jonathan Swift, 1667—1745），英国作家，讽刺文学大师。以《格列佛游记》和《桶的故事》等作品名世。斯特拉是他秘密迎娶的妻子。

马车（Carriage）的交通工具，一律收费六便士……"①要不是因为或许是下了"有史以来最大的雨"——还是引自斯威夫特——我会抄下更多具体的条款，但是因为雨实在太大了，我只能匆匆赶往朗威特纳姆教堂（Long Wittenham Church）②。根据《凯利名录》（*Kelly's Directory*）③，它是"一座石头教堂，兼有诺曼（Norman）、英格兰哥特式（Early English, Decorated, Late Perpendicular）和伊丽莎白时代（Elizabethan）的风格"④。我得说，读过这样的描述后再亲眼看到这座教堂，心里是很失望的。但是在教堂待着的时候太阳出来了，由此我注意到有几块墓碑旁边长了很多黄色的地衣。我采集了很多，用来染一条很好看的紫色领带。希望我的行为不至于亵渎圣物，也相信墓碑上那模糊的名字所代表的那个人还有他深爱的妻子会原谅我。要是一百五十年后我自己的遗留物能为人类发挥这样的用途，我会特别高兴的。

对我来说，手工染色与蘑菇一样充满魅力。这是上天免费赐予的一种奢侈，在这活动当中没有通常为了获取生存必需品而必

可爱的泰晤士河轻轻地流

① 欧洲马车名目繁多，此处参照英文维基百科勉强译出。另，Waggonet一词应为Waggonette之误；Chaise一词两见，原文如此。
② 朗威特纳姆是泰晤士河上游的一个村庄。吉宾斯最后一部作品《直到我唱完了歌》以之为主题，书成次年（1958），他在那里去世。
③ 《凯利名录》是英国著名的行业名录，收录范围包括企业、商人、士绅、地主、服务业、慈善团体等，可以说是维多利亚时代的黄页。创始人弗雷德里克·凯利（Frederic Kelly, ？—1883），曾任邮政总监，他建立的凯利名录有限公司存续至今，二〇〇三年更名为凯利搜索。
④ 诺曼风格（Norman style），十一至十二世纪间在诺曼底和英格兰发展起来的一种罗马式建筑。英格兰哥特式（English Gothic），流行于十二至十六世纪（约1180—约1520）英国的建筑风格，分三个时期：早期英格兰哥特式、装饰性哥特式和垂直式哥特式。伊丽莎白时代风格，指童贞女王伊丽莎白一世（Elizabeth Ⅰ, 1533—1603）统治时期（1558—1603）的建筑风格。

须付出的劳苦与辛酸。染这紫色领带的过程很简单，步骤是这样的：把晒干的黄色地衣磨成粉末，放入水中，比例是一小把地衣配一品脱水。小火加热这混合物。把待染色的领带先浸入温水中，再浸入弱氨水中，这弱氨水与嗅盐的劲力相当。几分钟后，把氨水排干，将领带移入地衣混合液。大火烧开后文火慢煮。如此这般，半小时后把领带拿出来——这时它已呈现泥土的颜色——再像之前那样把它放入氨水中，于是它就变成了一种柔和好看的玫瑰紫。操作过程中的主要部分就这样完成了，再把领带放在冷水中彻底清洗，之后把领带拧干、熨平，固定在合适的形状。以上各个步骤都完成后，你就穿上灰色或蓝色的衬衣来搭配这条领带，并做出谦卑的姿态接受随之而来的赞美吧。

在此我要提及很多植物，它们除了向路人展示颜色，还会悄悄地渗出染料。用蓬子菜的根能制出一种红色染料，与真正的茜草根制出的染料一样红；茜草的叶子能够把颜色传染给任何以其为食的动物，它们的骨头也会变成同样的颜色①。龙牙草和矢车菊都能提炼黄色染料。山萝卜的叶子能提炼蓝色染料。泰晤士河边，黄菖蒲分泌蓝色染料，睡莲分泌棕色，川续断分泌黄色，而

---

① 蓬子菜（黄猪殃殃，*Galium verum*，yellow bedstraw，Lady's bedstraw）属茜草科（Rubiaceae），猪殃殃属（拉拉藤属，*Galium*），在欧洲常用以凝结牛奶和使干酪着色。茜草（madder）又称染匠茜草（dyer's madder），茜草科茜草属（*Rubia*）植物的统称。从普通茜草（染料茜草，*R. tinctorum*）和心叶茜草（*R. cordifolia*）提取的茜素用作染料，历史悠久。古埃及的木乃伊，希罗多德时代利比亚妇女的斗篷皆以茜草染色；在中国商周时期，茜草已是主要的红色染料。以茜草为食的动物，其骨会被染红，十九世纪的生理学家利用此性质追踪骨骼发育，并研究生长中的骨内细胞的功能。

旋果蚊子草分泌的是黑色。随意走过的路人们是不会知道这些的。这些植物让我想起分室鹦鹉螺（chambered nautilus），据说这种小动物身体的最里面有黑珍珠①。我试过了，里面没有黑珍珠。但这些植物能分泌染料是真的。

不过，说起黑珍珠，我倒真的见过一颗。世界那么大，我却是在一个火柴盒里看到它的。

故事是这样的。在南海时我帮过一位老船长一点忙，这对我来说毫无损失，我很快就把这事给忘了。第二次遇上他是在他从波莫土群岛（Paumotu Islands）回来后——这个群岛是由一些可爱的炎热的珊瑚岛组成的，被称为"危险的群岛"（Dangerous Archipelago）②——在咖啡桌上，他将一个火柴盒塞到我手里，还告诉我回家后再打开。那里的海关人员有意要多管闲事。当我在自己的棕榈茅草屋中独自打开那个火柴盒时，里面有一颗黑珍珠，还有其他一些东西。

我的棕榈茅草屋。它是用露兜树叶做屋顶的，当地人仍把它叫做"等待罗伯特的房子"③。从这里到朗威特纳姆和它的教堂路程很远，我似乎走过不止一条路线。人们喜欢保留那些对教堂

---

① 鹦鹉螺是鹦鹉螺科（Nautilidae）鹦鹉螺属（Nautilus）与船蛸属（Argonauta）头足类软体动物的统称，尤指前者。鹦鹉螺属种类又俗称分室鹦鹉螺或珍珠鹦鹉螺，其内部分为约三十六个壳室，最外侧者为躯体所居，各室间以体管相连，以调节气体含量，控制壳体在水中的垂直运动。

② 波莫土群岛，今名土阿莫土群岛（Tuamotu Archipelago），南太平洋中部法属波利尼西亚岛群。

③ 露兜树的俗名之一是 screw palm，其叶形似棕榈叶，尤其是编织露兜树（屋顶露兜树，Pandanus tectorius）的叶，有多种用途。

不敬的传说，对小威特纳姆教堂就有这样一种说法，说是一个痛改前非的赌徒修建了这座塔，并将一个小窗户作为自己的标志，其形状像极了扑克牌中的黑桃A。经过仔细观察，我认同另一种说法，即窗户的轮廓应该是由石头意外破裂造成的。不过对费尔福德（Fairford）教堂——该教堂有着全英格兰最美的玻璃窗——的源起我并不是很有把握。在年代久远的郡志中，我们读到这样的记载："约翰·泰姆（John Tame），绅士、商人，是这座教堂的创始人。他做生意时攻击并捕获了一艘船，里面装满了绝好的彩色玻璃窗"，由此这个富商就先有了美丽的窗户，然后为之建造了教堂，以与窗户匹配。①

但如今的教会当局可不喜欢听到有人说教堂是由一个可以称之为投机商的人修建的，尽管这个投机商很虔敬。"玻璃窗是为垂直式的灯而设计的，这种建筑风格是英国教堂特有的"（或者应该说，看上去是为垂直式的灯而设计的），因此这种风格不可能来自罗马。而且，诸如威尔士亲王（Prince of Wales）的纹章，爱德华四世（Edward Ⅳ）②的纹章，都铎王朝（Tudor）的玫瑰花

---

① 约翰·泰姆（约1430—1500），英格兰羊毛生产和经销商。一四九三年他开始重建费尔福德堂区的圣母马利亚教堂（St. Mary's Church），安装在教堂里的彩色玻璃窗共二十八扇。据说，一四九二年以私掠的方式截获了一艘从低地国家开往罗马的船，得到了这些奉献给教皇的礼物。但现在的学者以为，这些玻璃窗是在威斯敏斯特（Westminster）由佛兰德工匠制造以荣耀亨利七世（Henry Ⅶ，1457—1509）的。

② 爱德华四世（1442—1483），英格兰国王（1461—1470，1471—1483）。约克王朝的首位君主，约克家族与兰开斯特家族间的玫瑰战争的主要参加者。

形纹章①等"皇家标记"，所有这些都体现在设计中。在此我并不想发表什么评论，也不觉得传说的真伪有多重要，我真正担心的是，这座教堂还有其他那些我们最为壮丽的教堂，会被现代社会那些平庸俗艳的装饰物所损毁，而这方面的破坏显然已经表现出来了。

科恩河（Coln）在莱奇莱德上游流入泰晤士河，费尔福德则在科恩河畔，不过还有另一支流——科恩溪（Coln Brook）——与科恩同名，它在斯泰恩斯（Staines）这个地方汇入干流河道。关于这条河，还有它所流经的以同一名字命名的村庄，有一段耸人听闻的历史。最初是伊丽莎白时代的小说家托马斯·德洛尼（Thomas Deloney）②讲述了这段故事，后人认为他是从当时的传说中获取素材的，如今，这段传说在科恩布鲁克（Colnbrook）依然流传。科恩布鲁克有一家很古老的酒店，名为"鸵鸟"（the Ostrich），之前它一度以"鹤"（the Crane）为名。要是有人只身前来，兜里还带着现金，老板夫妇就会：

> 给他安排一个单人套间，这房间正好在厨房上面，面积很大，家具比整个酒店中的其他房间都要好很多：其中床架

---

① 都铎王朝，威尔士血统的都铎家族建立的王朝。其家族纹章是兰开斯特家族的红玫瑰与约克家族的白玫瑰的叠加。

② 托马斯·德洛尼（1543？—1600），民谣、小册子和散文故事作家，英国最早的通俗小说作家。在各地以流动织工为业，销售自制谣曲，并顺便为其故事集搜集素材。

是最好的，虽然它又小又矮，但却是精雕细刻的，而且脚能直接够到房间地板，所以人无论如何也不可能从床上摔下来。床铺紧靠着两侧床架。此外，放置床铺和床架的地方是这样布置的：在下面的厨房里拔出两个铁销，通过一个开合装置可放下或抬高房间的地板，换言之，这就是一个陷阱门。而在物体应该下落的地方，有一口非常大的大锅，这口大锅本来是店家酿酒时用来将酒煮沸的。好了，那些将被谋杀的人躺到那张床上，就在夜深人静他们已经酣然入睡时，死亡的时刻却也悄悄来临，老板夫妇拔开铁销，然后那些可怜的人就会跟他身上穿的衣服一起直接掉到沸腾的大锅里：他们马上就会被烫死或淹死，根本来不及叫喊或说一个字。

然后借着一架总是放在厨房里的小梯子，店主夫妇会直接爬进那个单人套间，快速拿走冤死鬼的衣物和钱财，然后再迅速升起由铰链悬着的地板。他们会将死尸从锅中捞出，扔到酒店附近的河里，这样他们就销毁了任何可疑的证据。

后来奥尔德·科尔（Olde Cole）也遭遇了同样的不幸。这是个很富有的布商，人们也把他称为雷丁的托马斯（Thomas of Reading）。店主夫妇不知道该怎么处理这位老人的马，而老板娘被拘押之后，在审问时道出了事情真相。两人在交出所有赃物后被处以绞刑。老板也供认不讳，说他本是一个木匠，老婆设计了那个活动门，他就把它给做了出来。通过这种方式，他们已经残害了六十个人。令人匪夷所思的是，尽管他们因此得到很多钱，但是他们却并没有致富，死前仍然债务缠身。

"科尔死前的资产极为雄厚……有人说，自从科尔被扔进那条河以后，那条河就被称为科尔河（The River of Cole）了，这个镇也随之被称为科尔布鲁克镇（Towne of Colebrooke）。"

也许正如沃尔特·雷利爵士（Sir Walter Raleigh）①最早指出的，这个传说最令人感兴趣的地方在于德洛尼所描绘的谋杀细节与《麦克白》中很多段落有着惊人的相似。鉴于德洛尼的作品完成于一六〇〇年之前，而《麦克白》直到一六〇五年后方才问世，可以推断莎士比亚对德洛尼这部作品并不陌生，而且有意无意地模仿了它。在两部作品中，都有主人谋杀客人的情节，而且酒店老板娘与麦克白夫人都极力鼓动自己的丈夫去行动，两个丈夫在最后一刻也都有些不情愿去实施杀人的罪行。"软弱的人哪！你已经干下了这么多，还要在这个时候退缩吗？"于是，尽管幻觉发生了变化，但是麦克白夫人在梦游一场中的言辞与奥尔德·科尔的话还是有很多相似之处。"热切地看着他的主人和女主人，往后退缩，说，是什么困扰着你，让你看起来像死人一般苍白？上帝啊，你都干了些什么，你的手上怎么有那么多的血？"

① 沃尔特·雷利爵士（1861—1922），苏格兰作家、评论家，牛津大学首位英国文学教授。著有《风格》（1897）、《莎士比亚》等书。一九一一年获封爵士。

这种对话太恐怖，还是再说主河道吧。这是再正常不过的事了：返璞归真，以河为家，忘却室内的诸多规矩。饿了就吃，累了就睡，每天晚上观察天地所赐的不同壁纸：有时是月光下的柳树叶，有时是朝着紫色苍穹生长的高高的带穗芦苇。也总有音乐陪伴：水流轻轻波动，微风拂动灯心草，或者鸟飞过头顶，在草地上吃东西时发出欢快的叫声。

河水日夜流逝，永不停息。水里有落叶，有看似毛毛虫的柳絮，有淹死或溺水的苍蝇，还有从上游的拦河坝浮出的泡沫。水面之下，一缕缕长长的水毛茛和带状的水池草盘根错节，摇摆不定，厚厚的一团团的水芹连同其羽状的叶子因为有氧气泡而晶莹闪亮。所有这些植物都为鳟鱼和查布鱼提供了庇护所，这两种鱼游起来的节奏完全一样。

空中到处飞着交配的小昆虫。黑色的泥蛉和苍白的绿色蜉蝣令人不安地鼓动翅膀；橡树的顶端有一只红隼非常显眼，在夕阳映照下它的后背红得像铜，而它蓝色的头部比其头顶的蓝天还要蓝；一对绿头鸭正在河上飞，突然另一只公鸭跑过来从后面抓住了母鸭的头部，把它叼到空中，而母鸭的伴侣根本来不及追赶，只好眼睁睁地看着母鸭在半空中挣扎。

夜晚缓缓而来，似乎白昼不愿意退入幕后。今天是五月的第九天，基督诞生以来第一千九百四十年；但自从上帝造出世界的第一天，自从薄雾第一次在黎明笼罩于山谷之上，自从露珠第一次滴落于黄昏，这个世界已经有过多少个五月的第九天了呢？

这一天，我把船停在希普莱克（Shiplake），想去看一下在此筑巢的凤头鸊鷉。我见过小鸊鷉、凤头潜鸭、翘鼻麻鸭、绿头鸭、秋沙鸭，等等，但就是没见过凤头鸊鷉。朱利安·赫胥黎（Julian Huxley）[1]在《动物学会期刊》（*Zoological Society's Journal*）中非常精彩地描述了这种鸟的求爱过程，他非常慷慨地允许我在此引用。文章以大量的篇幅讲述一对凤头鸊鷉在水中突然靠近对方，伸长脖子，竖起颈毛，开始脸贴脸地亲密接触。然后，它们互相摇动对方的头，可以说是相当猛烈地左右摇动。之后，又开始一种慢动作，两只鸟的嘴和头部慢慢地从一边向另一边摇摆，"它们好像在找自己也不知道的什么东西"。此后，猛烈的摇动又开始了，中间只有一次缓慢的左右摇摆运动。像这样重复了六七回，两只鸟开始用嘴整理自己的羽毛，之后它俩又进行了十二或十五回的剧烈摇摆，才回复正常。

赫胥黎的文章中还讲了另一对凤头鸊鷉。它们潜入水中，带着满嘴的黑色带状杂草浮出水面，之后，游向对方。它们把身体抬得远高于水面，只有屁股末梢还留在水下。以这种姿态，它们轻轻地左右摇动，"好像是随着舞曲摇摆"。

可爱的泰晤士河轻轻地流

---

[1]　朱利安·赫胥黎（1887—1975），英国生物学家、哲学家和作家。生物学家托马斯·亨利·赫胥黎（Thomas Henry Huxley，1825—1895）之孙，作家伦纳德·赫胥黎（Leonard Huxley，1860—1933）之子，小说家奥尔德斯·赫胥黎（Aldous Huxley，1894—1963）之兄。

最后，赫胥黎教授描述了它们实际的交配过程：

有一天，我坐在岸边，正望着一大片矮矮的菖蒲（flag）①和灯心草，一只鸊鹈顺着岸边稳稳地游过来，每游一下它的头都要向前弯一下，似乎它很享受这种运动。我往它游去的方向一看，在其前方二三十码的地方，另一只鸊鹈也浮在水上。但后一只的身体弯成了弧形，脖子却伸得很直，平平地贴在水面上；颈毛和耳朵都压得很低，所以我确信这只鸊鹈已经死了。我算计着一旦第一只鸊鹈游过它身边，我立马蹚入水中把它拿到岸上。同时，我还想看看这只鸊鹈对死去的同类是否感兴趣。只见它游到死鸟尾部附近，在其身旁逡巡，低下头，似乎是在查看尸体。然后它又回到死鸟身后，这令我无比困惑；之后它立定了几秒钟，姿态很是不雅观，身体几乎呈笔直之势，稍稍有些向前倾，脖子弯成拱形，脸上带着一种蛇一般的贪婪，颈毛和耳朵也都放低了。随后，它摇摇摆摆地游近鸟尸的头部，在这里它钻入水中，恢复了温文尔雅的姿态。就在这一连串的动作还在进行时，那只我一直以为已经死掉的鸊鹈却突然抬起头和脖子，似乎跳了一下，然后同先前那只一起在水中游起来。此时可以看到，这只

---

① 英语 flag 是数种有花植物的俗名，但包括鸢尾科（Iridaceae）鸢尾属（*Iris*）几种在内的多分布于北美洲或大洋洲，只有被称为 Sweet flag 的菖蒲科菖蒲属广泛分布，故酌译为菖蒲。

"死鸟"一直是卧在一个只造了一半的鸟窝上，而且鸟窝几乎完全是在水面以下，这可以解释它的身体何以呈隆起之态。两只鸊鷉一起游了一会儿，很快就分开了，彼此之间再没有什么兴趣。

其他水鸟的求爱可能并不那么精彩，但也非常值得一看。在《大英淡水鸭自然史》(*Natural History of British Surface-Feeding Ducks*)中，已故的米莱(J. G. Millais)①说，求爱"是在两性间进行的，尽管通常是三到四只雄鸭同时向一只母鸭献媚。它们围着母鸭游，态度腼腆却又是半自觉的，偶尔它们会停下来，点头，鞠躬，探出脖子，表达它们对母鸭的爱慕与渴望，希望能够得到一个肯定的答复。但最有趣最好玩的是，所有的雄鸭在水中同时立起，快速将嘴放到胸脯上，同时发出一种低低的鸣叫声……其他时候雄鸭在求爱时表现得要消极一些。一方面它宽厚地允许其他鸭子追求它，另一方面它又把头抬得高高的，带着明显的自负与骄傲，认为自己被追求是理所应当的"。

米莱对水鸭是这样描述的：

---

① 约翰·吉尔·米莱(John Guille Millais, 1865—1931)，英国艺术家、博物学家、园艺家、游记作家。拉斐尔前派画家约翰·埃弗里特·米莱(通译密莱司，Sir John Everett Millais, 1829—1896)之子。他在晚期维多利亚时代环游世界，尤其专注于考察野生动植物。《大英淡水鸭自然史》出版于一九〇二年。

可爱的泰晤士河轻轻地流

　　在春天时，经常会看到一群水鸭中有很多雄性水鸭同时
向一只雌水鸭献媚。其他雌水鸭也都在附近，但是那些雄水
鸭就是对其熟视无睹，而将万千宠爱都集中在那唯一的天姿
国色身上。这种场面煞是好看……就像彼此间有默契一样，
几只雄水鸭从水中抬起身体，尾巴竖着，脖子弯着，鸟喙搭
在胸部，与此同时，它们发出低低的二重啸声。在这一阶段，
雌水鸭有时会允许一到两只雄水鸭近距离地接近它，其他雄
鸭则在附近围成圆形或半圆形；但如果有哪只雄鸭并没有得
到母鸭的青睐却敢擅自去接近它，那这个冒失鬼一定会被马
上驱逐——它从此要背负可耻的名声。这种欢快的调情要持

续好几天，美丽的雌水鸭才会与其中一只雄水鸭离开，此后整个春天都会与其形影不离，保持类似一夫一妻的关系。

不过，在泰晤士河边普通游客极少能看到许多水鸭聚集在一起，而像这种求爱的场面那就更难遇上。但在春天，草坪上会看到红脚鹬，它们用红色的腿标记时间，雄性在雌性面前拍动翅膀，向它们炫耀身体下隐藏的柔和的银色；在静寂的回水区，泽鸡也在其配偶面前旋转身体；在芦苇与青刚柳间，害羞的鸳轻快地摆动它们的尾巴，身体膨胀为平时的两倍。

人类的调情与鸟类相差无几。年轻的男男女女或手挽手在河岸上漫步，或乘平底船或小帆船浮游于河面之上，他们都在彼此面前展示自己最诱人的一面。关于这一点，弗吕格尔（J. C. Flugel）①教授写道：

> 很明显，所有的学生在着装方面的考虑都与其性生活相关，着装有着非常重要的地位……对文明的人类来说，很多衣服在性生活中都扮演着相当明显的角色，以至于无须一一赘述。尤其是过去几百年来女性服装的变化更能体现这一点，那些设计衣服的设计师，售卖衣服的裁缝，谴责衣服的神学

可爱的泰晤士河轻轻地流

---

① 约翰·卡尔·弗吕格尔（John Carl Flügel, 1884—1955），英国心理学家、精神分析学家。文中所引片段当出自他的《服装心理学》（*The Psychology of Clothes*, 1930）。

家或说教者，还有那些纵览服装发展史，认为每个阶段都有某种衣服占据主流的历史学家们——所有这些人都认为衣服的最终目的，就是公然地、自觉地为着装者增添性的吸引力，刺激异性崇拜者的性趣，并且引发同性竞争者的嫉妒。

我只能说，在五月这样的天气，年轻真好。

19

夏天来了，

高声歌唱吧，布谷鸟！

种子发芽，青草茂盛，

树林也开始长出新叶，

歌唱吧，布谷鸟！

母羊在她的小羊身后咩咩叫，

母牛则冲着小牛犊哞哞叫；

小公牛昂首跨步，公山羊则连连放屁，

欢快地歌唱吧，布谷鸟，

布谷，布谷，

你的歌声如此动人，

请你不要停下来吧。①

可爱的泰晤士河轻轻地流

---

① 这是一首中世纪的英语轮唱歌，标题为 *Summer Is Icumen In*。歌曲以中古英语中的韦塞克斯方言创作而成。据推测，这首民歌产生于一二六〇年左右。

伊莱尔·贝洛克（Hilaire Belloc）①曾经虚构了一位在中世纪末沿泰晤士河而下的游客，并写道"在整个旅途中，再没有比雷丁修道院（Reading Abbey）更让他刻骨铭心的了"，即使这座修道院只是建于"一座很小又很不对称的山上，而那山的高度甚至都比不上河边草地所在的那块平地"。他还认为："不管是其宏大的结构，还是其建筑的样式，雷丁修道院都与达勒姆（Durham）大教堂极为相像，这是其他地位也很重要的建筑所无法比拟的"，"在毁坏雷丁修道院的过程中，这个国家的人们失去了一些东西，而这是他们再怎样热衷国外旅游都无可挽回的。"

今天我们很难对此言论表示认同。然而对雷丁的现代建筑深恶痛绝的人们至少记得，正是这一古老的修道院为我们保存了《布谷鸟之歌》（Cuckoo Song）②，《牛津音乐史》（Oxford History of Music）认为这首民歌是同类作品中唯一留存下来的，"某种程度上，这首民歌展现出的精巧构思和美妙动人仍然令人很难想象它会产生于十三世纪"。

在英国很少有哪个地区像肯尼特河畔这样聚集了如此众多的鸟，它们大多分布在修道院遗迹周围几英里的范围内。从黎明到

---

① 伊莱尔·贝洛克（1870—1953），作家、历史学家，二十世纪初英国最多产的作家之一。他出生在法国，一九〇二年成为英国公民，不过一直保持双重国籍。贝洛克的诗作想象力丰富，语气轻松幽默。他还擅长小说、随笔、历史、评论、游记和传记。

② 这是一首传统的英语民歌，音乐家们对它做了很多演绎。其标题有多种表达形式，如 The Coo-Coo, The Coo-Coo Bird, The Cuckoo Bird, 等等。

黑夜，我们每天都能听到树、灌木甚至莎草丛中传出的鸟叫声。它们或者单个，或者成对，来回穿梭于河面之上。有时两只雄鸟边飞边打架，旁边的雌鸟则等待着胜利者与它相会。C. A. 约翰斯牧师（Reverend C. A. Johns）[1]认为，"布谷鸟并不成双成对，也不固守一个配偶，在爱情生活上很不稳定，它还掠夺其他鸟的鸟窝，这两方面布谷鸟都很不讲道德。"

就在五月某一天早晨的七点钟，我从肯尼特运河上岸，听到后面有人跟我打招呼：

"你能不能让我们喝杯茶呢，先生？"

我转身一看，一个高大而憔悴的男人正站在纤道上，衣衫褴褛，左肩扛着一条麻袋，右手则拿着一个捕鼹鼠夹，令人震惊的是，这个男人的下腭没有牙了，样子跟他手上拿的捕鼠夹几乎一模一样。我看着他那干瘪的眼睛，青筋暴露的脖子，还有紧绷的黄皮肤上高高耸立的颧骨，断定这个人大概七十岁年纪。

"捕鼹鼠这事跟过去不一样了，再干真不值当了。"他说。

他坐到运河旁边的一根大木头上，"与其去卖鼹鼠的皮，还不如把它们放生，丢到运河里。算了，还是再去钉道钉吧。"

"去干什么？"我问，顺便从柜子里又取了一个杯子。

"钉道钉，"他说，"你会认为这是一个有组织的工作。"

可爱的泰晤士河轻轻地流

---

① 查尔斯·亚历山大·约翰斯（Charles Alexander Johns，1811—1874），英国牧师，植物学家和教育家。撰有多种通俗的自然史著作，最知名的是《野花》（*Flowers of the Field*，1853）。

"这个工作怎么样？"我问。

"我不是正式职员，"他说，"因为不愿意老待在一个地方。有一个伐木工，他整个冬天都待在一所房子里，天气好时才离开。不，我是捕鼹鼠的，但是捕鼹鼠又不像过去那样有意义了。"

"听说你们吃得还不错。"我说。

"吃的是不错，"他说，"也能小憩一下，虽说年纪大一些的还是更愿意睡在地上。他们不喜欢淋浴，而是一个接一个地泡在水里，结果把水变成了浓汤。我可不喜欢这样，但有些护路工就是跟别人不一样。你在画素描吗？"他指着船尾一本打开的画册。

"我正在写一本关于泰晤士河的书，"我说，"既写又画。"

"我曾经认识一个艺术家。他给女性广告画紧身衣，但现在紧身衣也都变样了。后来他又唱歌，有一副好嗓子。我们一起环游了一大圈，从斯劳（Slough）、沃特福德（Watford）、圣奥尔本斯（St Albans）、贝德福德（Bedford）、拉格比（Rugby）、沃里克（Warwick），一直到牛津。总共去了十六个地方，只用了一个多月。所以，"他吃了一块面包加黄油，"要是想在街头挣钱，那就唱传统歌谣吧。现在不要唱关于爱情的歌曲了。人们会嘲笑你的。你需要的是这样的歌，比如《在你的怀抱中感到安全》（Safe in the Arms）这首歌很受欢迎，再如《领先者》（Lead）、《友爱的灯光》（Kindly Light）、《我遇到了朋友》（I've Found a Friend）等歌，都能挣六个便士。你知道自己走错了路，堕落了，现在又想尝试重新奋斗，听着，是尝试。这可一点都不容易。人们会帮你。要是你唱'我是多么圣洁'（I'se allus bin pure and 'oly），估计没人给你钱，因为老太太们想听的是罪孽。而如果她们知道你过去是坏人，现在却伪装成好人，那她们就会痛打你。'是的，夫人，人吃不饱的时候很难干活。'这是你应该说的。然后她们会问你是否结婚了。'啊，夫人，我娶了一个不该娶的姑娘。'然后这些老太太就会为自己的同性制造的痛苦而感到内疚。'夫人，要不是她，我不会站在这里。'但不要对她们讲更多，不要告诉她们你干过的那些事情，连那些你没干过的事也不要讲。总之，什么都不要再讲，让她们自己去想象你可能犯下的所有过错，这样她们就整天都不会闲着，并且因此而很愉快。"

要不是我必须得换衣服赶往伦敦，这一谈话可能还会无限期持续下去。

这一天，我有一小时的空闲时间，于是就去了圣詹姆斯公园（St James's Park）。在这里我看到一个很奇怪的景象：一只雌性绿头鸭带着十一只小鸭，旁边有一只雄性斑头雁陪伴，不论是岸上还是水中，雄雁跟绿头鸭都形影不离。管理员告诉我，这种友谊自从幼鸭出生后就开始了，或许唯一的解释就是母鸭和雄雁都已丧偶，因为孤独它们走到了一起。管理员还给我讲了湖中鸟儿另外两段令人称奇的友谊，分别是一只林鸳鸯与一对绿头鸭，以及一只凤头潜鸭与一对绿头鸭的故事。在这两段友谊中，没有出现任何不合乎道德的交配，也没有谁嫉妒谁的迹象。这种"三人行"持续了很多年，两对绿头鸭繁殖后代，那第三方作为"未婚的姑姑"则毫无疑问会为这些小鸭自豪，将它们视为自己的侄子侄女，并且看护它们。

这位管理员还给我讲了另外一个有趣的故事。一对绿头鸭在一个高高的树洞里造了一个窝，这棵树就在湖边。有一天早晨母鸭在水中急速游动，快到树跟前时则飞到了空中，这一路上它一直大声地叫，像是呼唤它的幼崽从窝中下来。因为幼鸭们没有回应，一名管理员就拿来梯子，爬到树洞边，他将胳膊全都伸进去，摸到了八只幼鸭。然后管理员就把它们放到帽子里，带着它们下来，并且将其交给了母鸭。但令人惊讶的是，母鸭却还是不高兴，仍然一副焦虑的样子。于是管理员又爬上梯子，拿手电筒去照鸟窝，发现还有一只幼鸭远远地藏在一个缝隙里。后来，当他把这最后一只也放入水上的幼鸭队伍时，老母鸭才完全满意了，招呼着身旁的所有家人，高高兴兴地游走了。

谈论这些半家养的野禽，我需要再次引用 J. G. 米莱的著作。他记录了鸭子爸妈怎样狠心抛弃自己体弱多病的子女，也描述了在瑟彭泰恩湖（Serpentine）亲眼目睹的一个场景，其中满含令人感动的温柔的慈爱。一只生病的幼鸭被其父母弄死后：

一群鸭子正栖息在离此处十码远的草坪上，幼鸭的死在这群鸭子中间马上引起了剧烈的骚动。它们发出嘎嘎的声音表示震惊，其中一只飞去营救，愤怒地抓住那只残忍的鸭妈妈，并且咬它。因为这种英勇的行为发生得太过突然，又表现得如此坚决，鸭妈妈几乎立即被打蒙了，随后它就返回自己的鸭群，快速飞走了。接着发生了最震撼人心、最为悲悯的一幕场景。那个勇敢的援救者表现出对快要死去的小生命发自内心的关爱，它用嘴把这小东西的身体翻过来，想尽一切办法去拯救它。但一切都太晚了，幼鸭的小脚在空中无助地摇动。这只鸭子想出了最后一招，用嘴将小鸭子叼起来，飞到岸边，轻轻地把它放到草地上。虽然这会儿幼鸭已经真

可爱的泰晤士河轻轻地流

的断气了，但是善良的施救者却继续温柔地推着它，偶尔还会用嘴把它拱起来，大声地叫着，那种慈爱、悲伤与一个母亲面对自己死去的孩子毫无二致。终于，当它意识到自己所有的努力都无法挽回这小东西的生命，就悲伤地围着其尸体走来走去，还拍打着翅膀，表现出难言的悲痛。

我这里还要讲到另一个故事，它不仅在一定程度上包含了两性的情感——这种情感我们总以为只有人类才有——同时也表现出通常我们认为低等动物所不具备的思想交流能力。已故的库奇先生（Mr Couch）①曾经写到过一对被关在笼子里的鸳鸯：

> 有一天晚上这只雄鸳鸯被贼给偷走了，不幸的母鸳鸯表现出了最深沉的悲伤。它退到一个小角落里，不吃不喝，对主人的关心也视若无睹。就在这时，一只丧偶的雄鸭向它表达了爱慕之情，它同样没有做出任何积极的回应。后来，那只被偷的雄鸳鸯被追回来了，回到了饲养场，于是这一对鸳鸯得以团聚，两者都表现出高度的兴奋。但故事并没有就此终结，似乎是母鸳鸯把有情敌的事情告知给了自己的配偶，

---

① 疑指乔纳森·库奇（Jonathan Couch，1789—1870），英国博物学家和医生。以鱼类学著作闻名。子理查德·奎勒（Richard Quiller Couch，1816—1863）继其业；孙阿瑟·托马斯（Sir Arthur Thomas Quiller-Couch，1863—1944）为诗人、小说家和评论家，编有著名的《牛津英国诗选》（*The Oxford Book of English Verse, 1250—1900*, 1900，1939修订）。

这只被追回的雄鸳鸯去挑战那只曾经妄图取代它的鸭子，把对方的眼睛都打出来了，最后这只不走运的鸭子因为受伤太重，死去了。

即使是鸭子也应行为谨慎。

每年的这个时候自然界都会表现出飞速的变化，与其他时候循序渐进的生长完全不同。几天之内，本来只露出点头的毛茛就会长到膝盖那么深，成熟的蒲公英就会高过人的头顶。山楂树和栗树则会开花、变白，这时我们才意识到它们的叶子早就完全变绿了；而那些结果实的花朵枯萎时，我们才看出它们的颜色。

生命的节奏进展得太快，我们只能看到一些匆匆而过的图画，而无法看到其具体的生长过程。对此，我从伦敦回到船上时感觉尤深，水毛茛、莎草、银灰杨、野生茶藨子，都在我离开仅仅几个小时的时间内发生了巨大的变化，看起来似乎悄悄地多长了一个星期。

"在全国其他地方都不可能有这样的盛景。"在观看圣詹姆斯公园的郁金香花展时，一个伦敦人很自豪地这样对我说。

"朋友，"我说，"这花丛中每一朵被精心照料的花，我都能给你列出一百朵同样的，它们按照自己的生长规律生长，日复一日，年复一年，在没人关注的情况下，经受住了各种恶劣天气。"

可爱的泰晤士河轻轻地流

"那它们也不会像眼前的这些花一样美丽。"他说。

我马上回应："应该说它们不像这些花这样俗艳。"

然后我给他讲河边野花的不同品种，它们不同的开放期，以及其繁茂旺盛的生长趋势。在河边，幼苗不会被虫子吃掉，也没有哪块土地是空闲的。要是哪种植物在争斗中败下阵来，马上就会有另一种来取代它。

问题是大多数人都喜欢有条理，喜欢秩序：比如花坛四周都修建得非常整齐，植物以标准化的方式排列，这都让人产生一种安全感。我们总是喜欢让每一件事都处在自己的控制范围之内。甚至一位专门负责修剪树枝的老人都告诉我，他喜欢将榆树修成非常漂亮的形状，而不喜欢任它们蔓延生长。

我还对公园里这个同伴说，从本性上来说，植物生长与更替是不需要焦虑的。春天的花朵刚刚生出荚果时，夏花的花骨朵其实已经长出来了：紧随着贝母、草甸碎米荠和驴蹄草，有野生水杨梅、布谷鸟剪秋罗、聚合草、缬草和兰花。睡莲、鸢尾、川续断、柳叶菜，等等，都会次第开放，这中间几乎没有间断。花坛里快要变得光秃秃时，这些花就不会再开，然后我们期待鳞茎植物，期待糖芥、金鱼草，或者大丽花，并期盼春天再次到来。

除了人工种植花草的质量问题，这个同伴反驳我的观点主要是，因为有花园，人才会修剪花枝。据他观察，野花被采摘后很少能长时间活下去，这的确是真的。针对他的这项反驳，我的回应是，修剪花朵完全是一种野蛮行为，要是有人真心喜爱正在开放的花朵，那么当他看到一束花被塞在花瓶里低垂着头，他一定不会感觉到任何快意；如果有，那他一定是非常粗暴的人。不管是多么精心或者充满爱意地安置花朵，当你去修剪它们时，它们就顿时失去了原生的光彩。要是我们有花园，那就更没有必要强行去修剪它们。羽扇豆满满地长在花坛里，享受着日光的照射，这要比将它们塞在玻璃罐里、让电灯来给它们照明好得多。郁金香（我们的讨论话题正是因它而起）正是最不幸的受害者。虽然我刚才说了一些不好听的话，但郁金香是我在花园里最为钟爱的鲜花。每当我看到郁金香被塞在硕大的钢琴上的某个东方瓷器里，或者被放在一个挂满照片的壁炉台上的花瓶里，我总是很难过。

　　天气有些闷热，但天空却是晴朗的。当晚我回到船上，看到大大的白唇查布鱼在长长的野草中滑来滑去，它一直留意着水上快被淹死的蜉蝣。太阳快落山时，白色的水蒸气聚集在东方，高高的雨云则在西方朝着更高的鱼鳞天飘动。突然，一阵急风袭击了河面，一会儿从西面刮来，一会儿从东面刮来。太阳沉入酒红色的云朵后面，大大的雨滴砸在船的帆布外罩上。远处雷声阵阵。鸟儿停止了鸣叫。间歇了一会儿，大雨随即卷土重来，在水上溅起银环，很多嫩叶都是第一次得到上天的滋润。雨势逐渐增大，并且一直持续，于是就在雨声中，我进入了梦乡。

20

　　在我看来，泰晤士河旁的所有风景都不像青草这般反复浮现于人们眼前，然而其进入路人眼球的频率与路人对其投入的关注度却不成正比，甚至可以说，青草是最不受关注的。正如伟大的约翰逊博士（Dr Johnson）①所说，这一块绿草地与其他绿草地是一样的，所以对大多数人来说草就只是草，牛要吃它，人要用它来培育草坪，仅此而已。他们没有意识到的是，每一码草皮上都有无穷的生命，每一朵花也都有说不尽的美，如狐尾草那密密的穗状花序，凌风草那颤抖的小花，还有燕麦那隆起的圆锥花序。

　　可以说，草地上的生命之间的竞争是最激烈的。人在上面走

---

① 塞缪尔·约翰逊（Samuel Johnson，1709—1784），英国诗人、评论家、传记作家、散文家、辞典编纂者。英国文学史上莎士比亚之后最著名的人物。

都能刺激那些更喜欢坚实土地的青草，而倾向于松软土地的草则会因此而受伤。所以有人行小径的地方往往正是青草繁茂之地，且草的颜色往往更深更重。

我也是最近才对这个问题有所了解，在此之前，我与其他人一样一无所知。现在我知道，这一堆从新播种的草地上收割的干草最好是给良种马做食物，而那一堆从年深日久的牧场收割的草对牛来说最好不过。但诸如鸭茅、甜芽菜、猫尾草，等等，我也不知道它们除了有这些漂亮的名字，在孩子们吟诵的诗歌中出现，还会有什么作用。我的同事约翰·沃尔迪（John Waldie），终生都致力于研究青草。只有人才是伟大的鉴定家。约翰知道每一片叶子的味道，清楚每一种草的蛋白质、矿物质、碳水化合物和脂肪的含量。他知道一年之中哪几个星期它们会开始和结束生长，哪几个星期它们需要保护，以免受其强大邻居的威胁。从约翰那里，我了解到草地的学问对农夫来说就跟作物的轮种一样重要。

一些最有营养的牧草种类在年初就开始生长，一直持续到秋末。如果在早春时节过度放牧，就会对草地造成严重的伤害，因为经过长时间的耕种，这些早生的草已经不具太多优势，所以当那些晚生的粗糙且不那么有营养的品种开始生长时，就会抢占前者的位置。更重要的是，牛和羊都是有选择性的食草动物，对它们的放牧尤其需要认真的审查，以防它们将草地上最好吃的品种全部吃光。

除了以上这种实用主义的考虑，草地还有一种不可抗拒的吸引力，尤其是在春天和初夏各种草都繁茂生长的时候，即使是最漫不经心的路人也都会对其赞叹不已。草地浓密得几乎没有空隙，让人感觉喘不过气来。到处是金色的毛茛和三叶草，紫色的车轴草和巢菜，红色的酸模和白色的滨菊，所有这些都在竞争中炫耀自我。随着白昼逐渐变长，这些草一直持续生长，到六月份我们就会拥有一块品种足够丰富、芳香四溢的草田。这时正是不用再辛苦劳作的季节，老人们给孩子们讲过去的故事，那些美好的传说也正是在此时传播给下一代。在正午的太阳下，割草机叮当作响，镰刀在磨刀石上发出类似竖琴的声音，而骑马人兴高采烈地呼唤马的喊声足以激荡任何人的内心。晚上，人们则会听到长脚秧鸡呼唤它离群的幼崽，白色的蝙蝠蛾盘旋在篱笆旁几棵草上，而在刚刚收割的草地上，干草堆成了恋人们最好的约会场所。

堆干草是一年中的大事，年轻人第一次被允许去将草堆的边角围起来是很荣耀的事。如今，大部分干草堆是通过起重机一层层地堆成的，但在我小时候，男人们从马拉的大车上把草叉起来，男人之间的竞赛就是看谁叉起的干草最多。

"叉得好！叉得好！"老博斯·高尔文（Boss Galvin）说。他负责指挥堆草垛，"你出汗了？"

"我这汗比河水流得快多了。"泰迪·克罗宁（Taedy Cronin）回答，他在大车上紧挨着我。

"这是上天的储备。"高尔文说。

"这是什么？"泰迪问。

"我相信，冬天我们吸收了雨水，夏天我们就得用出汗的方式把它回报给上天。"高尔文说。

写到干草，我想到了一位故人，他叫麦克雷（Macrae），来自苏格兰南部。麦克雷的工作之一就是为他的公司购买干草，该公司位于爱尔兰北部。他特别注重细节，尤其是对干草堆的准确重量特别在意。不管农夫说大概是五吨，或者大概是八吨、十吨，这个特别虔诚的长老会信徒（Presbyterian）①总是表示怀疑。

怀疑本身没有错，不过在买干草时需要有些表达技巧，但这个在水上生活的人却一点都不拐弯抹角就把他的怀疑表达出来。来自巴利克莱尔（Ballyclare）附近的墨菲（Murphy）先生一点都不喜欢麦克雷这种态度。"我说，要是这里有秤的话，那这堆干草应该是十六吨。"他说。

"那我们就把它称一下。"麦克雷说。

"要是它有十八吨，那就该我吃一惊了，"墨菲先生说，"阿尔斯特（Ulster）②地区是不长甜草的。"

"还是得把这堆干草称一下。"麦克雷说。

---

① 长老会（Presbyterian Church），基督教新教宗派，属加尔文宗。由教徒推选长老与牧师共治教会，故名。十六世纪产生于苏格兰。

② 阿尔斯特是爱尔兰四个历史省份之一（其他三个是伦斯特、芒斯特和康诺特），位于爱尔兰岛东北部。当中六郡目前组成了北爱尔兰，是英国的一部分，其余三郡属于爱尔兰共和国。

"问题是上哪儿去称呀？"墨菲问。

"镇上有个公用的桥秤。"麦克雷说。

"这个人会把跳蚤皮都剥了，只为得到一点脂肪。"墨菲先生心里想。但是他并没有说出来，转而问麦克雷："那你打算怎样把干草运回去呢？"

"你一周给我运一车。"

交易就这样谈成了。

这一年雨水较多。天气好的时候，除了运送干草，墨菲先生的农场里还有很多活要做，所以他总是在天气潮湿的时候运送货物。但是为了防止雨水增加干草的重量，他总是在车上盖一张大大的防水油布。墨菲先生的确非常细心，他总是随身带一张同样大小的备用油布，在称重时单独给油布称重，这样就可以将油布的重量从秤上显示的数字中扣除。用这种方式，每次一吨，整整十六吨干草就这样运完了。

麦克雷对这次买卖非常满意，但是多年之后他才知道他多付了一吨的价钱。事实上，每次用大车运干草去称重时，墨菲的儿子米基（Mickey）就舒舒服服地躺在防雨布下，称完后瞅准时机再溜出去。米基本身重十英石①。

虽然在泰晤士河上游，这类事情比较多，但是整个河两岸都

---

① 英石（stone），英制重量单位，相当于十四磅或六点三五千克，但因物而异，如肉类为八磅，干酪为十六磅，玻璃为五磅。

有连绵的草地，随着船逐渐行近伦敦，刚刚露出头的草坪又受到了关注。只有在英国，才有这样完美的草地；也只有在英国，人们才会对草地充满如此巨大的自豪感。即使是地图绘制员也认为，有必要将谢泼顿贵族庄园（the Manor House at Shepperton）的草地标注为河边最美丽的草地。

在高贵典雅的伊丽莎白女王时代，草地上曾经种植味道香甜的芳草，小路上，甚至那些被草皮覆盖的别墅也都种植，所以当人在路上行走或休憩时，总能从拍扁的叶子间闻到一股芳香。威廉·劳森（William Lawson）[1]，这位莎士比亚的同代人，在他的《乡村家庭主妇的花园》（*The Countrie Housewife's Garden*）中写道："花园、果园还有乡间住宅中长满了苹果菊、唇萼薄荷、雏菊和堇菜，非常好看，让人赏心悦目。"莎士比亚笔下的福斯塔夫（Falstaff）也提到过苹果菊："人们踩它越多，它就长得越快。"约翰·伊夫林（John Evelyn）[2]说，在苹果菊这种草上面走就像是走在地毯上。弗朗西斯·培根则告诉我们，在众多芳草中，"有三种草是最香的，分别是地榆、百里香和水薄荷，踩在它们上面或者捣碎它们的叶子，其香气是最为浓烈的，人们绝对不会对它们视而不见。于是，你就会在路上种植这些香草，让自己在散步

---

[1] 威廉·劳森（约1554—1635），英国教士，以园艺学著作知名。下文提及的书据说基于其四十八年的观察。

[2] 约翰·伊夫林（1620—1706），英国乡绅，作家，园艺学家。其日记被认为是十七世纪英国社会生活的珍贵记录。

或行走时充分享受这种由香气带来的快乐"。

虽说伊丽莎白时代的一些芳草草坪保留了下来，这其中包括白金汉宫的那块草坪，但如今大多数人关注的是青草。兴趣点的转移可能是因为雷丁的萨顿先生（Messrs Suttons）①能提供数百种不同的草种，每一样种子都适应于不同的土壤和气候。

拥有一块天鹅绒般柔软的草地，这几乎是每一个英国人骨子里就有的渴望。正如有身份的贵族女性并不认为整理自己的日用织品柜会有失身份，退休的海军上将身经百战，更不会认为用手和膝盖在地上爬是下等人才做的事情，他们深知攻占最微小的野草都有可能在其领土上着陆。

这种培育草地的热情不只限于英国本土，国外也有。我在塔希提岛遇到过一位退休的上校，他在那里生活了很多年，用一台滚轧机和割草机将一块原生的草地翻改成了草坪。本来他可以将草坪修整得更加漂亮，但是地蟹从海边钻洞过来，将他的草地弄得千疮百孔。我去拜访他时，他正在制作一种复杂的仪器，这种仪器的原理是，让水壶中的水始终保持沸腾状态，并且将水排入地蟹可能会入侵的任何一个洞口。但不幸的是，还没等将这一发明投入使用，一场海啸突然来袭，老人的花园被摧残得一塌糊涂，最后他伤心地离开了那座岛屿。

---

① 约翰·萨顿（John Sutton, 1777—1863），英国商人，一八〇六年成立，至今犹存的萨顿种子公司（Suttons Seeds）的创始人。

21

　　我决定在汉布尔登水闸（Hambleden Lock）附近泊船，逗留几小时，到福利村（Fawley）后面的山毛榉林子去。这天天气温暖，爬那座冲着斯基尔麦特村（Skirmett）的小山时，我放慢了脚步。这倒不是因为有一个漂亮女孩走过来，女孩身边还有一位看起来很不容易接近的陪媪，两个人身上都带着一种自以为正直的气质——当人们将快乐变为一种义务时，就会显现出这种气质。

　　"天气真好。"我兴高采烈地说，她们走到我身边时我抬了下帽子。阳光灿烂，打个招呼肯定不会有什么不得体——她们还有一头斗牛㹴狗、一头黑色西班牙猎犬做保镖。

　　老妇人从她的硬帽子底下恨恨地看了我一眼。

　　"是的。"女孩说，仅此而已，再无他言。

　　"你们两个看起来真可怕啊！"看着她们的平跟鞋敲在沙砾路上，我心里这样想。就这样，她们走过山边，走出了我的视线。

　　之后，我很快找到一条入林小径，来到猎场看守人的小屋。A.E.科珀德在这儿住过。大约二十年前，哈尔·泰勒（Hal Taylor）[1]

---

[1]　哈尔·泰勒，金鸡出版社所有者，一九二四年因病将其售予吉宾斯。

——在我之前他掌管金鸡出版社——就是在这里发现了他，并且发现他"在一个多屉柜里塞满了短篇故事"。根据这些故事，金鸡出版了一部名为《亚当和夏娃折磨我》（*Adam and Eve and Pinch Me*）的选本，该书给作者和出版社都带来了良好的声誉。

这条小路之前是一块空地，在此我注意到各种苔藓植物依据光照强度不同而划分出不同的地带。有一些自由地享受充足的光照，另一些则喜欢半明半暗，还有一些在比较阴凉的环境中长势最好。

突然，狗的尖叫声打破了林间的静寂。这种尖叫不知是来自恐惧还是疼痛，但因为在树林间回荡，听起来像是一群狼在咆哮。显然这狗遇到的麻烦比较大，它一直尖叫个不停，我只好抛下在一片开阔空地上长势良好的柳叶菜和洋地黄，跑到一块落叶松树苗种植区，因为狗的叫声正是从这里传出来的。松林中有一条绿草茵茵的小道一直通到山坡上，正当我在一个拐弯处气喘吁吁地奔走时，我看到了刚才的老妇人，她正走在我前面。

她朝我摇着她的拐杖，并且做出某种手势，似乎是说我应该对正在发生的事情负责。跟着狗的叫声，我走向她身边，来到一个拐角处。原来，就在路边的一块空地上，西班牙猎犬的腿被捕兽夹给夹住了，那个年轻女孩正跪在地上使劲掰上面的钢齿。不过就凭她和老妇人两个，甚至再加上跟她们一样的两个人，把这捕兽夹使劲拉上一个星期都不见得能把它弄开。因为只有一种办法能把它打开，而且这种办法相当容易。

"抓住狗的头。"我说，因为我不想让狗咬了我的小腿。然后我踩在弹簧上，把它往下按。

很快，狗就可以四处跑了，它高兴地大叫，而女孩则想抓住它看看它是否受了伤。她终于抓住了它，发现狗身上几乎看不到什么伤口。女孩正要感谢我的时候，老妇人也就是她的姑姑出现了，"快走，埃莉诺（Eleanor）。"于是她们两个一句话都没说就走了。

她们就这样走了，眼睛里还传达出"不要跟着我们"的神情，我终于认定她们就是那种粗鲁无礼的人。我找到了最近的酒馆，想从这里得到一些安慰。

这种安慰没持续多长时间。这"房子"靠近树林，频频有人光顾。

"你见过蛇游泳吗，乔治（George）？"说话的人是个体形高大、兴高采烈的马车夫。

"没有，也没见过大象。"乔治回答说。我看他应该是个年轻的农夫。

"我周四的时候看见了。"

"你看见什么了？游泳的蛇？"

"是。蛇在游泳。"

"那是几点的时候，比尔？我猜是酒馆关门之后。"

"不是关门后，而是开门前。周四晚上。在查韦尔河（Cherwell）上。这蛇游起来的时候，头在水上很显眼，很像是潜水艇上的潜望镜。它的身子倒是直直的，跟你手中的棍子似的，尾巴拍打起来像条鱼。"

"你该去看看澳大利亚的海蛇。"店主说，这是一位退休的水手。"它背部黑得像乌鸦，肚子又很黄，跟柠檬似的，而且这些蛇都有毒，上帝呀！要是跟这些蛇比，蟒蛇都能放在花园里当宠物养了。"

"你的见识就是比我们多，是吧。"乔治说。

"我见过一条黄色的蛇，"我说，"一次风暴过后，在太平洋的一个小岛上。"

"你见的那条蛇有斑纹尾巴吗？"店主问。

"有的。"我回答。

"我没说瞎话吧？"这位退休的水手很得意地问。

"我来说一些更离奇的事，"角落里的一个小伙子发话了，"你们知道兔子会吃鸟吗？"

"算了吧，乔（Joe）。"店主说。

"真的，信不信由你，"乔说，"你们要是不信，可以去问庄园里的贝蒂（Betty）小姐。"

"那兔子吃的什么鸟，鸵鸟吗？"比尔问。

"不是，它吃的是燕子。人家还飞着时兔子就把它们抓住了。"

特德（Ted）大笑，他是本地的邮递员。

"你错了，"乔说。"是麻雀。兔子奔跑时抓住了麻雀。这些小鸟本来是要到地上找点吃的，结果反倒被兔子给抓住吃了。"

"我才不信呢，"店主说，"除非我亲眼所见。看着鸟的腿露在外面，我还以为它们是老鼠。明天我就去盯着瞧瞧。贝蒂小姐，她说她是趁着兔子饿的时候抓到了它。贝蒂小姐把它带来时它还比较瘦弱。"

第二天早晨是阵雨天气，所以我留在船上，心情放松地整理我的储物柜，把几条绳子首尾接起来，还调整了一下船的帆布外罩。到了晚上，我正心情愉悦地读书，突然有个女人的声音在岸边传来："您现在有空吗？"

我抬头一看，昨天的那只黑色西班牙猎犬和它的主人正站在那里。

"我是为昨天的事情来向您表示感谢的。"她说。

"但你已经谢过了呀。"我回应道。

"实际上并没有。"

"你不想到船上来吗？"我问她。

"不行，我不能上去。姑姑去教堂了，我是从村子里溜出来的，希望能见您一面。"

就在这会儿，狗跳上了船，它的爪子在座位和垫子上都留下了湿漉漉的痕迹。

"哎呀，"她说，"真是给您添乱了！"

"那你就上来，帮忙清理干净嘛。"我逗她。

"我真的只是想来感谢您的。"她说。

"你站在岸上也没法谢我啊。"

她犹豫了一会儿。"那好，就待一会儿吧。"她迈上了船。

"你是不是认为我昨天那样离开很令人讨厌呢？"她问。

"我可没有爱上你姑姑。"我说。

"现在人们自然不会了，但以前有很多人喜欢她。姑姑年轻时是个非常可爱的姑娘。"

"这是因为你们是一家人。"我小声说。

她假装没听见我的话。

"为什么那里会有捕兽夹呢？"她坐下了，"在那么靠近道路的地方？"

"是为了抓狐狸，"我回答，"附近拴着一只老母鸡。"

"你看到那些死掉的鸟和动物都被挂在铁丝网上了吗？"她问，"在树林另一边，有喜鹊、寒鸦、猫头鹰，还有一些有长尾巴的小动物。"

"那是扫雪或鼬。"我说。

"还有一些鸟翅膀上有蓝色羽毛。"

"那是松鸦。"我告诉她，显然她不是在乡村长大的。

"那个铁丝网是猎场看守人的示众架。"我说。

"但非得要那样摧残它们吗?"她问。

"将它们挂在上面,任其腐烂,这肯定是没必要的。最起码可以把它们埋掉。"我说,"对其他动物来说,这些尸体也不足以构成威慑性。而且单凭一个头或一条尾巴就足以从猎场场主那里获得补助。"

"真像是中世纪那会儿,把人的头挂在城门上。"

"是的,一样的野蛮。"

在这一点上我们达成了一致。然后她起身要走。

"你还没给我讲讲你姑姑的事情。"我说。

"我来这里可不是要告诉你这个的。你在读什么书?"

"先给我讲你姑姑的事,我再告诉你我读什么书。"我回答。

"好吧,"她说,"她嫁给了一个非常英俊的年轻人,他带她去住在自己的城堡。"

"就像是那些童话故事里的人?"

"就像是童话故事里的人。"

"那后来是怎么回事?"

"她太漂亮了,他因为嫉妒而发疯,于是就把她关起来了。"

"关在城堡里?"

"关在城堡里。"

"继续讲,"我说,"这个故事很有意思。"

"这事是真的，一点都没有虚构。他关了她二十年，每年只允许她出来一次，他让她坐全封闭的马车，带她去离城堡最近的镇上买衣服。"

"那她是怎样逃出来的呢？"

"她不是逃出来的，是他死了以后才出来的。现在她大部分时间都住在伦敦，每天都去逛商店。她痛恨男人看她。"

"她这故事是发生在英格兰吗？"我问。

"是在不列颠群岛。现在你该告诉我你读的什么书了吧？"

"嗯，"我说，"你来之前，我刚刚很兴奋地发现，在一本凯尔特人选集中有一首诗是我一个非常要好的朋友写的，他叫哈米什·麦克拉伦。更重要的是，"我说，"这个哈米什曾经住在斯基尔麦特村附近的风车房，这个地方跟我们昨天碰见的地方很近。坐下吧，我来读给你听。"

我坐到船尾，为她读《九月的异端》（*September Heresy*）：

如果上帝造了小苹果——

人们说，它们实在是太好了——

如果上帝造了小苹果

让它们也是这样红：

如果上帝在山谷中铺开薄雾，

让轻柔的风吹在草地上，

让燕子心系南方，

让九月为树林着色：

如果上帝能为他的玫瑰

在泥泞的小路上

用蔷薇果和山楂果为其搭配

（还有雨，甘甜的雨），

啊，如果上帝创造了九月，

众多禾堆耸立，闪耀着金色，

花园中的露珠则泛出银光，

众多秃鼻乌鸦在高空中——

啊，如果上帝创造了九月，

你说从来没有感觉如此美妙，

牧师，我不相信

上帝会造出一个地狱。

"我姑姑去教堂了。"

"你喜欢这首诗吗？"

她是喜欢的，非常喜欢，因为她把书拿过去自己读起来。

"还有一首诗我也很喜欢，"我告诉她，"往前翻几页。"

人所能想到的

最大的幸福是什么？

是向一个美丽少女求爱

当这少女回家时。

"我该回家了。"她说。

"真是遗憾。"我说，有些依依不舍。

"我也是。"她回答。然后她站起身来。

"现在要说再见和谢谢了。"她抱起狗，把它的爪子伸出来。这样做的时候牵狗用的皮带就掉到了地上，我俯身捡了起来，这时狗舔了一下我的脸。

"这是一个吻。"看我拿出手绢，她笑了起来。

"可惜这吻是狗给我的。"我回答。

她抬头看着我。两人沉默了一会儿。然后她问："现在我们两清了吗？"

"嗯，两清了，"我说，"不过明天我要在每一块林地里都放上十二个捕兽夹。"

22

"FAY CE QUE VOUDRAS" 一度刻在梅德梅纳姆修道院（Medmenham Abbey）的门上①。我不知道这一格言今天是什么意思，但是从河边张贴的大量告示——这些告示让河边风景大为减色——来看，它当时的意思可能是"不许上岸"（No Landing）。

我估计地狱火俱乐部（the Hellfire Club）②在那里举办过一些狂野的聚会，其疯狂程度即使在十八世纪都是骇人听闻的，但

---

① 这句格言出自拉伯雷《巨人传》，可以理解为 Do what you like，即随心所欲。十八世纪中叶，浪子、政治家、财政大臣、地狱火俱乐部创始人之一弗朗西斯·达什伍德爵士（Sir Francis Dashwood, 1708—1781）将其刻在梅德梅纳姆修道院的门上，并作为俱乐部的座右铭。该修院系希多会（Cistercian Order）——法国人罗贝尔（Robert, 1027—1111）—〇九八年创立，亦称重整本笃会——隐修院，一五四七年被没为私产，一七五五年为达什伍德收购，用作俱乐部的会所。梅德梅纳姆位于白金汉郡，在下文提到的马洛西南五六公里处。

② 地狱火俱乐部包含几个高级俱乐部，其成员均为上流社会的浪荡子，成立于十八世纪，主要在英格兰和爱尔兰。这些俱乐部是所谓"有品质的人"（多为政治人物）聚会的地方，他们会进行一些行为放荡的活动。不过不论是其成员，还是其组织的活动，史书上都很少有记载。

可爱的泰晤士河轻轻地流

再怎么疯狂，也比不上今天伦敦和其他一些地方举办的一些聚会。人性会冲破那层薄薄的掩饰外壳。关于这个俱乐部的年会，有很多令人震惊的传说，但震惊往往是与嫉妒并行的，而这两者一般都会导致夸大其词，过度演绎。

这个俱乐部可谓精英荟萃，由英国财政大臣牵头，有海军大臣、孟加拉总督、牛津钦定讲座讲授、国会议员、诗人，还有不止一个像贺加斯（Hogarth）①这样有名的艺术家。约翰·威尔克斯（John Wilkes）②，这位"通向自由的朋友"，也是其成员之一。二十三岁时，约翰与一位比他年长十岁的有大笔遗产继承权的丑女人结婚，因为当时他对生活还懵懂无知，相信父母的选择会更为明智。他甚至同意与其岳母一起生活，这位老太太脾气古怪而暴躁，还沉迷于神学。每年约翰都高高兴兴地出去"爆发"几个星期，这应该不是不可理解的吧？估计其他成员也都有各自的烦恼。压力越大，爆发的程度就越大，这是自然规律。

不管怎么说，这一段风景还是赏心悦目的，我会想象那些有月光的晚上，玩闹的人们在紫杉树篱间玩捉迷藏，或者在草坪上那些老榆树的树桩旁互相追逐打闹。

---

① 威廉·贺加斯（William Hogarth, 1697—1764），又译霍格思。英国油画家、版画家、艺术理论家，被誉为英国绘画之父、欧洲连环漫画先驱。作品范围极广，从卓越的现实主义肖像画到连环画。许多作品经常讽刺和嘲笑当时的政治与风俗，后来这种风格被称为贺加斯风格。
② 约翰·威尔克斯（1725—1797），英国政治家，新闻工作者。因屡遭议会排挤打压而被视为政治迫害的牺牲品和争取自由的先锋。其最大成就就是扩大了英国的新闻出版自由。

这些当然都是我的想象，但是当我停留在这里时，就在黎明到来前，我想我看到了水中有一道微光昙花一现，很像是女孩子白白的肩膀。晚上，在岛上的树木间有很多银光闪烁，我还听到了轻微的笑声，但这也可能是船荡起的水波所发出的涟漪声。第二天早晨我发现一块布料缠在船的锚索上，像修女的面纱，但当我试图将它从水里拿出来时，它竟然在我手里破了，应该是很久以前的吧。

梅德梅纳姆修道院下面一英里（或者更远些），是赫利的老钟旅馆（the Bell at Hurley），跟其他很多地方一样，它号称是英格兰最古老的旅馆①。"建于一一三五年，最初是附近本笃会修道院（Benedictine Monastery）②的客房。虽说修道院现在已经荒废了，但从旅馆到修道院的地下通道还保留着。"我一点都搞不懂那个时代为什么会有这么多地下通道。"河流，森林，草地，这些美丽乡村不可或缺的风景都集中在这里，这是英国其他地方所无法比拟的。对运动爱好者来说，这里以各种迷人的方式提供高尔夫、网球、射击、划船、游泳、骑马、钓鱼，还有其他很多流行的消遣活动。而历史悠久的赫利村就位于最漂亮的景点中心。"

---

① 老钟旅馆（The Olde Bell）位于伯克郡赫利村，也号称是世界最古老的旅馆之一。二战期间，丘吉尔与艾森豪威尔曾在此会晤。由于邻近松林制片公司（Pinewood Studios），故有很多电影明星下榻于此，如葛丽泰·嘉宝和加里·格兰特。

② 本笃会（Benedictine Order），或译本尼狄克派。天主教隐修会，五二九年由意大利人圣本笃（St. Benedict，约480—约547）创立于卡西诺山（Monte Cassino）。其会规成为全欧隐修事业的规范，圣本笃被视为西方隐修制度之父。

只需一天二十五先令，就能享受到所有风光。我在这里吃了一顿美妙的晚餐，其间还对那座如今被称为"夫人之地"（Ladye Place）的破败修道院进行了思考。我没有过多地去想它最初修建的时候，那大概是诺曼人征服英格兰的时期；也没有仔细地思考它的几度易主，在四个半世纪之后，它逐渐归洛夫莱斯家族（Lovelace family）①所有；我满脑子想的是这个地方正是爱尔兰所有问题与争端的起始之地，就在我刚刚把头给撞了一下的地下室，那些要人曾经举行过秘密的会议和磋商会，他们将奥兰治亲王（the Prince of Orange）请到了英国②。

要是没有那些会议，就不会有阿尔斯特的奥兰治人（Orangemen）③，不会有那么多争端，我们可能会有像哈利法克斯勋爵（Lord Halifax）和张伯伦先生（Mr Chamberlain）④一样友好而充

---

① 赫利的洛夫莱斯家族的理查德（Richard Lovelace，1564—1634）在一六二七年受封为男爵。第三代男爵约翰（John Lovelace, 3rd Baron Lovelace，1641—1693）曾参与光荣革命，在家中地下室组织会议，密谋反对英王詹姆斯二世。当他听说奥兰治的威廉已陆英格兰，便率领人马前去支援，但被抓。家族宅邸毁于一八三七年。

② 奥兰治亲王，即威廉三世（William Ⅲ，1650—1702），又称奥兰治的威廉（William of Orange）。尼德兰联省共和国执政（1672—1702），大不列颠国王（1689—1702）。威廉的岳父、英王詹姆斯二世（James Ⅱ，1633—1701）专横暴虐，强迫臣民信奉天主教，一六八八年七月，詹姆斯反对党致函新教徒威廉，请求他出面干预，十一月十五日，威廉率军登陆英格兰，长驱直入伦敦。次年，詹姆斯逊位，王座献给威廉及其妻玛丽（Mary Ⅱ，1662—1694）。史称光荣革命。

③ 奥兰治人，奥兰治党（Orange Order）的绰号。爱尔兰新教政治集团，以英王威廉三世的名字命名。一七九五年成立，在爱尔兰和英国各地设立分支机构。以维护新教和新教的王位继承权为宗旨，是新教徒反对爱尔兰自治的堡垒。

④ 哈利法克斯勋爵，即哈利法克斯伯爵第一（Edward Wood, 1st Earl of Halifax，1881—1959），英国政治家、外交大臣。张伯伦（1869—1940），英国首相（1937—1940）。二战前夕他们推行了英国对德、意的绥靖政策。

满爱心的克雷加文勋爵（Lord Craigavon）①和德瓦勒拉先生（Mr de Valera）②。想到这些时我的态度是很认真的。

当然，在英国没人能理解那些住在博因河（Boyne）③南岸的爱尔兰人。我先讲一个故事。

在"坏时光"（the bad times）那段时间，即爱尔兰自由邦刚刚成立之时④，我的家人生活在爱尔兰南部。我父亲——之前我说过他是一名牧师——认为，作为一名牧师，他"没有理由与政治搅在一起"。无论他是出于何种考虑，对他来说专注于自己的事情是最好的。除了偶尔为威廉·奥布赖恩（William O'Brien）⑤投票，他从不表达自己的政治见解，而是以他全身上下都散发出的善良与仁慈为所有人服务。

为了让读者对这个男人有所了解，我应该告诉大家，他在该祈祷的时候祈祷，在不该祈祷的时候也祈祷。他走路的时候都会咕咕哝哝地背诵祈祷文，而且奇怪的是，他祈祷的时候还会大声

① 克雷加文勋爵，即克雷加文子爵第一（James Craig, 1st Viscount Craigavon, 1871—1940），爱尔兰军人和政治家，北爱尔兰首任总理（1921—1940）。主张爱尔兰与大不列颠合并。

② 埃蒙·德瓦勒拉（Eamon de Valera, 1882—1975），爱尔兰政治家、总理（1932—1948，1951—1954，1957—1959）和总统（1959—1973）。新芬党主席，共和党创立者。一九三七年使爱尔兰自由邦与英联邦分离，成为"主权"国家。

③ 博因河位于爱尔兰东部，东北流一百一十公里，注入爱尔兰海。英王詹姆斯二世被迫逊位后，在法国人和爱尔兰人支持下企图复辟，一六九〇年在博因河畔被威廉三世所败。北爱尔兰每年七月十二日庆祝博因河战役，认为是新教的胜利。

④ 一九二〇年通过的《爱尔兰政府法》形成了北爱尔兰和南爱尔兰，次年南爱尔兰成为爱尔兰自由邦。一九三七年，自由邦成为爱尔兰共和国；二战后，英国正式承认爱尔兰独立，但拒绝放弃北爱尔兰。

⑤ 威廉·奥布赖恩（1852—1928），爱尔兰民族主义领袖，记者。十九世纪末二十世纪初，他主要致力于爱尔兰的土地改革，同时积极探寻和解途径，以实现爱尔兰自治。

呻吟，就像是他的灵魂遭受了剧痛。我听见过他在食品储藏室、在马厩里呻吟，而且在一些很特殊的时刻，他还会退回卧室，跪上一会儿。

记得有一次我们刚刚换了一个新的女仆，在某天上午过了一半的时候，她跑到我母亲跟前。

"快来，夫人，先生躺在卧室里，他快疼死了。"

"没事，玛丽，"我母亲说，"他只是在祈祷。"

"上帝呀！夫人，那他是一个圣人啦！"

关于我的父亲，我在书中提到过几次；我没有提到过我母亲①，现在也不想多说。我非常爱她，而她却在我二十岁之前就去世了。"不要干涉这个孩子。"每当叔叔姑姑和其他爱我的亲戚们因为我想成为一个艺术家而吓唬我时，她总是这样回应他们。我还记得亲戚们的嘲笑，其中一个婶婶，她对我这样说："你不会异想天开，真以为自己能成一个艺术家吧。""不要干涉这个孩子。"母亲当时就是这么说的。

但是还是再说说坏时光和爱尔兰气质吧。父亲和我的一个妹妹住在距离布拉尼（Blarney）大约五英里的地方（在老城堡里，我多次亲吻那块石头）。尽管四周战争不断，共和军和自由邦军

---

① 吉宾斯的母亲名为卡罗琳·戴（Caroline Day）。

之间不断发生枪战和纵火事件①，但是没人指责他们。相反，人们愿意为交战双方提供食物。有时是自由邦军，有时是共和军，会过来索要食物，一次大概六到八个人。在共和军里面，有一个很特殊的人物，他自命为将军，我们称他为莫洛尼（Moloney）。他的队伍大概有十二个人，总是骚扰自由邦军的士兵。这位莫洛尼也不断造访我们，这对我们来说构成了骚扰。唯一能确定的就是当对方的军队在我们家中时，莫洛尼是不会出现的。过了一段时间，他的要求变得不可理喻，而且他和他的手下每周都会出现两到三次。我妹妹忍受不下去了，有一天晚上她给自由邦军的士兵做了一顿好饭，然后对他们说："我真希望你们能抓住那个莫洛尼。他快要把我们家吃穷了。要是这种情况继续下去，储藏室里的食物连老鼠都不够吃了。"

这些士兵从马厩的院子撤走了。他们总是从后门进来，在厨房吃饭。

几天之后他们又出现了。

① 爱尔兰共和军（Irish Republican Army，IRA）成立于一九一九年，前身是富有战斗性的民族主义组织爱尔兰志愿军（Irish Volunteers）。其政治诉求与新芬党（Sinn Féin）一致——用武力谋求爱尔兰独立——但独立行动。爱尔兰独立战争（1919—1921）期间，该组织分裂为两派：赞成和平解决爱尔兰问题者成为官方的爱尔兰自由邦军（Free State Army，National Army）的核心；反对派继续战斗，反抗新成立的自由邦，被称为非正规军（Republican，Irregulars）。随后的内战（1922—1923）中，非正规军败北，投降而未终止活动。三十年代，两次被宣布为非法。一九四八年，爱尔兰退出英联邦，共和军转而谋求南北爱尔兰的统一。由于在使用暴力的程度问题上有争论，一九六九年再度分裂：正式派（Official IRA，OIRA）是马克思主义者，后来回避暴力；临时派（Provisional IRA，PIRA）由北爱尔兰天主教徒组成，主张恐怖手段。此后，共和军又分离出几个组织，与英国政府也是时战时和。

"哈，艾梅（Aimée）小姐，"上尉说，"我们已经抓住了那个莫洛尼。他现在被关进监狱了，科克监狱（Cork Jail），他不会再来烦你们了。"

妹妹将食品储藏室彻底搜刮了一遍，以表达对他们的谢意。"这不是大快人心的事吗？"她对父亲说，当时父亲正在书房里准备布道，"莫洛尼进了监狱，他不会再来骚扰我们了。"他也这么认为。

自由邦的士兵们撤走了，一家人以为从此可以缓口气了。可是还没等我家那老旧的大门送走那批开拔的部队，后门竟然又迎来了莫洛尼，还有他的非正规军。

"哦，莫洛尼，"我妹妹说，"你从哪里来的？"

"哎呀，小姐，"他说，"我当然是逃出来的了。"

"你知道吗，"妹妹对我讲这段故事时说，"我们很高兴又看到这个可怜的家伙。"

话题回到马洛（Marlow）。长话短说，教堂的尖顶看上去很是一本正经，吊桥①弱不禁风，难说扛得住一场打斗，但是这两者组合在一起却构成了一幅小小的秀丽图画。这座教堂建于

---

① 指马洛桥（Marlow Bridge），在白金汉郡马洛镇和伯克郡比舍姆村（Bisham）之间横跨泰晤士河。初为木桥，始建于爱德华三世时代的一五三〇年左右，一七八九年重建。吉宾斯所见吊桥，是十九世纪初（1829—1832）重新设计的。

一八三二年，取代了旧日的诺曼建筑，后者因为潮湿而被推倒。新教堂明亮、通风，令人愉快，上帝知道，没有几座建筑能配得上他的荣耀，而这座新教堂就是其中之一。这里有很多武器陈列和纪念碑，供那些喜欢沉湎过去的人流连，其中一个名为佩尔玛努斯·佩里曼（Permanus Perryman），还有一位女性名为卡桑德拉（Cassandra）。由于某种说不清的原因，我在她的坟墓前空想了许久。

据说，老旧的八角形木质尖顶在一七九〇年重新油漆时，一位工人从距离地面七十五英尺的脚手架上摔了下来，性命无碍，只是出现了严重的脑震荡。但如若因此说在神圣的建筑内工作，人就可以免遭各种灾祸，这种说法我并不赞同，因为我知道有一位女性教堂司事在她刚刚擦完的走廊上滑倒了，结果她的头盖骨从后颈到头顶摔成了两半。

很多年前这里就有一座桥。在伦敦塔的专利登记簿里有一些授予书，爱德华三世（Edward Ⅲ）、理查二世（Richard Ⅱ）和亨利四世（Henry Ⅳ）①，都曾发文批准征收道路通行费，以维持这座桥的修缮工作。大约是在一七九〇年，又新建了一座木桥，一八二九年又将木桥改造为现在的结构。

① 爱德华三世（1312—1377），绰号温莎的爱德华（Edward of Windsor），英格兰国王（1327—1377）。领导英国进入与法国的百年战争，其后代争夺王位数十年，尤以玫瑰战争为烈。理查二世（1367—1400），英格兰国王（1377—1399），爱德华三世之孙。在与贵族反对派的冲突中失败而死，其后英国君主政体长期动荡。亨利四世（1366—1413），英格兰国王（1399—1413）。篡夺理查二世的王位，开创了兰开斯特王朝。

可爱的泰晤士河轻轻地流

尽管白金汉郡（Bochinghamscire）的山毛榉被公认为是英国境内最好的（"boc"在盎格鲁-撒克逊语中意为"山毛榉"），但在泰晤士河靠伯克郡的这一边有一座采石场树林，却几乎可以与之相媲美。在春秋两季，那些山上笼罩的如羊毛状的白云令人叹为观止，难以忘怀。我不知道山毛榉的守护神是谁，但我想一定是一位女性。在重质土中生长的橡树，粗壮而多节，树皮粗糙，分枝有瘿瘤，叶子也是干枯的；而山毛榉，却喜欢像牛奶一样白的白垩，这种树线条优美流畅，有着女性一般的曲线，叶子柔软而多毛，其柔和之美有时只有女性的腰背部可与之抗衡。这自然是从艺术的眼光来看的。

　　山毛榉被誉为"树林之母"是很有道理的，如果种植得当，它可以帮助树林中的其他树木繁茂生长。山毛榉有很多根须，有利于土壤通气；它的叶子在树上时可以提供舒适的树荫，落到地上后，则会生成丰富的腐殖质，远超其他任何一种树；还有，山毛榉树枝上滴落的液体会杀死那些侵占土壤的杂草。

　　从河面算起，克利夫登（Cliveden）的树高达一百五十英尺，甚至还有更高的，似乎急着要跟在山顶苗壮成长的橡树比高。这些树林间的"互不关心"令人愉快。攀缘植物在高一些的树枝上形成垂饰，而常春藤则在低一些的大树枝上跟树叶交织在一起。河边这绵延数英里的地带给了大自然最后的恩赐，而它也恰恰最大程度地利用了这种恩赐。

在梅登黑德（Maidenhead），我上岸去给水缸注水，对码头老板提起我正在写一本关于泰晤士河的书。

"哦，我不做任何宣传的。"他马上回答。

"可我并不是让您给我宣传呀。"我赶紧解释。

"哇，那你写的是一本真正的书！嘿，比尔，这位先生自己在写一本书呢。"

"什么书，像是《三人同舟》（*Three Men in a Boat*）这样的书吗？"

"我的船上只有一个男人。"我说。

"你怎么没找个人做伴，给你煮茶或者做其他这样的杂事呢？"老板问。

我叹了口气，回答说没有。

"你这样很自在，"他说，"你从哪儿弄来这条船啊？"

"自己造的。"我告诉他。

"哦！"他说，"你是一个真正的水上之人，真正的。你进来，看看我叔叔弗雷德从中国回来时作的画。"他让我进了他的办公室。"他们乘坐的是一艘真正的老式东印度贸易船。画中的材料都是用羊毛做的。每一针都是叔叔亲手完成，画的框架也是他自己设计的。"

向下游又走了一英里半，我到达了布雷（Bray），这个地方曾经因其教区牧师而闻名，现在则以欣德黑德（Hind's Head）而为世人所知①。我不能错过这里，再说，干吗要错过呢？午饭很可能要在草坪上吃。的确，我真的在草坪上吃了午饭，回到船上时已经是晚上了。眼前的泰晤士河呈现出一片更加温暖的色彩。

---

① 布雷位于伯克郡。此地的英格兰圣公会教堂圣米歇尔（St. Michael's）始建于一二九三年。十八世纪著名歌曲《布雷的牧师》（*The Vicar of Bray*）讽刺在新旧教争衡时期教士的见风使舵。有同名喜歌剧（1882）和电影（1937），乔治·奥威尔写过一篇相关文章。欣德黑德是一家供应高档食品的美食酒吧，最初出现于十五世纪，二十世纪二十年代被改造成餐馆。二〇一三年版《米其林指南》（*Michelin Guide*）评其为一星。

23

从泰晤士河上看温莎城堡（Windsor Castle），它壮丽辉煌，完美无瑕。我不在乎别人说因为有诸多改动和重建，它就成了什么"极坏的建筑"；事实是这座城堡光辉灿烂，河上的其他一切风景与之相比都相形见绌。

由温莎城堡的景观多少可以理解马洛礼（Malory）在他那部厚厚的史诗传奇①中所表达的意图。作品中的高潮是亚瑟王（King Arthur）的死——他的死是多么壮烈啊！

因此高贵的骑士们整日都在交战，不吝惜一点体力，直

---

① 托马斯·马洛礼（Sir Thomas Malory，约1415—1471），英国作家。其骑士传奇《亚瑟王之死》（*Le Morte Darthur*）被认为是最完整地描述亚瑟王及其圆桌骑士故事的文学作品。

至躺在冰冷的战场上；他们继续战斗，快到晚上时，十万名勇士血染沙场……然后亚瑟王出现了，在一大堆死人中，莫俊德爵士（Sir Mordred）正倚在他的剑上。把矛给我，亚瑟对卢坎爵士（Sir Lucan）说，我已经看见那个叛徒在那边了，他是所有这些灾难的制造者……国王双手持矛，向莫俊德爵士奔去，同时嘴里还大喊着，叛徒，今天就是你的死期。莫俊德爵士听到了亚瑟王的喊声，拔起剑，跑了起来。亚瑟王在盾牌的掩护下重击莫俊德，用剑在对方的身上刺了一个遍。当莫俊德爵士感觉受了致命一击时，他用力站起身，用尽所有的力气向着亚瑟王的矛头撞去。也正是这样，他用手中的剑重创了他的父亲亚瑟，亚瑟王的头盔和头盖骨被刺穿了，随即莫俊德爵士整个身子倒在地上，死了。而高贵的亚瑟王昏倒在地，从此他在这里长眠不醒。①

面对这样精彩的文字，我希望我的想法不至于亵渎神圣，因为我想悄悄地说：有时我认为加拉哈爵士（Sir Galahad）这个有史以来最纯洁的骑士应该是婚外情所生②，这个想法让我享受到

① 引文见《亚瑟王之死》第二十一卷第四回。莫俊德是亚瑟王与同母异父的胞妹乱伦所生，当亚瑟远征法兰西时，他起兵反叛，自立为英格兰国王，闻讯班师回朝的亚瑟与其在海边决战。译名据黄素封译本（人民文学出版社，2005），下同。
② 加拉哈是兰斯洛特（Sir Lancelot）和伊兰公主（Elaine）的私生子，他心地纯洁，童贞无罪，故能最终寻得圣杯。

颇有些顽皮色彩的喜悦。我不明白马洛礼那样写的"用意"。

我想起一个受人尊敬的老处女，我曾经住在她所在的村子里。人们叫她去教区聚会裁判儿童比赛。在毫不知情的情况下，她将奖品判给了一个私生子。第二天，愤怒的妈妈们组成一个代表团，挥动着她们手中的婚戒，以这种方式来问她是否知道自己都做了什么。

她非常温和地回答："我裁判的不是道德，我裁判的是孩子们。"

由此，我还要提到莱奥纳尔多·达芬奇，伊拉斯谟（Erasmus），征服者威廉（William the Conqueror）①，还有其他诸如此类的人，他们的父母都是激情如火缺乏冷静思考之人。但是的确，在温莎城堡的话题下讨论这个问题不太恰当。我对自己都感到惊讶了！

到达温莎这个皇家自治市镇时，我决定换一种更快的交通方式，以便快速掠过河两岸那些日渐增多的被毁损的建筑。如果那些大楼真的是由变富了的人们造的，那他们还真不如过原先的穷日子，住在改造过的火车车厢里。

可爱的泰晤士河轻轻地流

① 征服者威廉，威廉一世（William I，约1028—1087）的绰号，又称诺曼底的威廉。法国诺曼底公爵（称威廉二世，1035—1087），英格兰国王（1066—1087）。一〇六六年，威廉率领军队入侵英格兰，在黑斯廷斯（Hastings）战役中击败了英格兰国王哈罗德二世（Harold II，约1022—1066），并于同年圣诞节在威斯敏斯特大教堂加冕为英格兰国王。威廉因此成为英格兰第一位诺曼人国王。他将诺曼-法兰西文化带到英格兰，产生了深远影响，包括英语的改变，社会和教会上层等级的变化，等等。威廉是私生子，因此他的敌人称其为"杂种威廉"（William the Bastard）。吉宾斯在此列举的著名人物均为私生子。

我也知道，对那些只能谋得最基本的安身之处的人，人们往往施加诸多嘲笑，地方政府对这些简陋的木屋和小屋也制定了一些法规，因为据说这种住宅会玷污乡村风光，但实际上它们并不比有城垛的花园住宅和装了吊门的船屋坏到哪里去。

所以，在温莎，我把"垂柳"停下，登上索尔特（Salter）的一艘汽船。我旁边坐着一位中年男人，他的妻子和女儿坐在我们的前一排。

"那边是大宪章岛（Magna Carta Island）。"在经过兰尼米德（Runnymede）时他对妻子说。

"这地方有点小，是不是？"她说。

"对那些男爵来说，这地方已经大到可以顺利地把他给挟持了。"丈夫说。

"他到家后在地上打滚，咬灯心草。"女儿尖声尖气地说。

"可怜的人，他一定很焦虑。"这位好心的妈妈说话时带着一种真正的仁慈。

这个不机智的国王①，他当时处在那样一个尴尬的位置，不

---

① 指英格兰国王约翰（John，1167—1216，1199—1216在位）。在统治期间，他与贵族的冲突达到了顶点。一二一五年六月十日，英格兰封建贵族在伦敦聚集，挟持约翰。约翰被迫赞成贵族提出的"男爵法案"（Articles of the Barons）。六月十五日，约翰在兰尼米德为法案加盖国玺，此即最初的《大宪章》。《大宪章》中最重要的条文是第六十一条，据该条，由二十五名贵族组成的委员会有权随时召开会议，具有否决国王命令的权力；并且可以使用武力，占据国王的城堡和财产。这几乎褫夺了国王所有的权力。就在贵族离开伦敦各自返回封地之后，约翰宣布废弃《大宪章》，英国旋即陷入内战，次年约翰病死。此后，《大宪章》又几经更改，但无论如何，它在很大程度上成为日后英国君主立宪制的基石。

过我对他的思考被一些在河中游泳的年轻男女给打断了。我很好奇，为什么女孩子们在水里时看起来要比她们在岸上更加迷人。对我来说，她们不管在哪里都很迷人。在水中更迷人可能主要是一种新奇感。试想，如果我住在水里，可能我又会觉得那些在岸上走的人很有诱惑力。另一方面，这或许也是一种奇怪的返祖现象。我们的祖先不都是来自于大海吗？

我还很小的时候，女人们游泳时都裹着很多层衣服；而如今，她们穿着色彩鲜艳的碎片般的所谓衣服，那些理论上讲应该藏起来的部位如今却都在吸引他人的注意力。

通过前面的文字，我想读者应该能感受到在我的灵魂中有一种自然的纯真与正直，但也正因为如此，我要坦白告诉大家我曾经去过裸体主义者居住区，而且在那里住了两个星期。那个居住区在一片松树林中，靠近湖边，区内只有两条规定：

不能携带照相机；

不能穿衣服。

早晨的第一件事就是冲进湖里。然后，我们用毛巾裹住身子，开始喝热咖啡，吃面包卷和黄油。吃完之后，把毛巾放在一边，开始玩游戏，各种好玩的、难度高的、需要动用每一块肌肉的游戏。午饭之前再入湖水。午饭之后，在太阳下午休，然后玩更多的游戏。晚上，围着篝火唱歌。在这种时候，没有年龄、阶层或性别的区分。这一社团的基本精神就是坦率，羞怯在这里是不允许存在的。生活中所有那些常见的钩心斗角全都在此消失。这是我在现实世界中所能找到的最接近伊甸园的一个地方。

我怎么能在泰晤士河边想到那么远的事情呢！

"那栋房子真漂亮，有藤架的那个。"我的邻座说。

"很可爱，是吧？"他妻子说。

"我想要一艘汽艇。"女儿说，她的名字叫奥利芙（Olive）。

"哪一个，'莲花'（Lotus）吗？"

"不是，是'白骑士'（White Knight）。"

"总有一天我们会有一艘的。"父亲说。

"我想有一艘，让我们能在里面睡觉，"奥利芙说。"在河上漫游，并且自己做饭。"

"妈妈得做饭吗？"母亲问，非常缓慢的口气。

"总有一天，孩子他妈。"父亲说，"等这个小女人长大了，你和我去漫游，咱们再也不会闻到做饭的味道，因为热乎乎的食物会直接给我们端到身边。"

"看水里，那些火鸡。"奥利芙说。

"那不是火鸡，"父亲说，"是鸭子。你可以从它们的喙判断出来。印度跑鸭，这是它们的具体品种。"

它们不是印度跑鸭，而是加拿大雁。

上帝啊，我真希望我的外表看起来不那么无情。可是我们都会犯这样愚笨的错误，所以我们几乎不对别人微笑。

在达切特（Datchet）和森伯里（Sunbury）之间的那些平房，有鸟鸣声来回呼啸，像是空袭警报发出的声音。这种鸣叫有时令人苦恼不安，有时又忧郁悲伤，其他时候则乏味无聊而几乎令人无法忍受。

但是尝试一些截然不同的事情不是很好吗？科茨沃尔德的豪宅和公寓哪一个看起来更漂亮？这些"音乐喜剧般的地产"难道不正反映了那些渴望放松的人的心态吗？他们想要摆脱为某种理想而活的期望（在内心深处，期望自己的父母在社会地位上高出普通人，有这样想法的人在英国实在是太多了）。难道这些无价值的穿孔三角形木材和小贩叫卖的大规模生产的廉价花园装饰品不正意味着甩掉责任感吗？一个地方一夜之间被焚烧殆尽，第二天就能将它重建起来，懂得这一点必定能促进自由精神，而自由精神正是我们经济体制的那些受害者所渴望的。那些人跑到我们国家来不是要操心什么美学问题，就像艺术家在针线街（Threadneedle Street）①徘徊也不是在思考什么货币银行的基本理论。

我相信要是在一个完全没有个人责任感这种概念的异质国家，绘画会是一件非常愉快的事情。雄伟的建筑物旁，垂柳与滑

---

① 针线街是伦敦著名的银行街，坐落于此的英格兰银行有时被称为"针线街的老太太"。

稽的格子栅栏、艳丽的天竺葵、吊床、玩具狗、豪华游艇相间，当然，还有身着怪异服装的男男女女。需要一个法国现实主义画家才能将这些都客观地呈现出来。在海峡这边的我们，则带着傲慢的观念涂抹画布，画成什么样就可想而知了。

我一直想成为一名画家。这里可能有一些非常功利的动机，因为画家社会地位要比雕刻师高得多。尽管颜色总是最先吸引我的眼球，但大多数时候，我却仅使用黑色和白色。有些艺术家通过他们所使用的材料形成了一种严格的规范，我就是这样的。蚀刻版画，因为总是会出现错误的腐蚀和额外的印花，所以我常常无法应对；而对水彩颜料，不管我用了什么样的小诀窍，它们都会变得模糊不清；用黏土做模型，我又会陷入模仿而无法创新。

版画则需要冷静地将思想变为艺术表现形式。这种艺术在技巧上的要求是一丝不苟的，不可能有幸运的意外。石刻也是一样。这两种艺术都不可能采用自然主义，因为所有的艺术表现方式必须服从于艺术材料的要求。

从那些平房过去十五英里，受人欢迎的汉普顿宫（Hampton Court Palace）出现了。这里有绚丽夺目的绘画，不论洞察力还是艺术手法，它们都是非常清晰而敏锐的。但在这些绘画中也有一些混乱的想象。我在汉普顿宫待了一会儿，我记得天花板上有一幅画是安妮女王（Queen Anne）①，周围环绕着许多半裸的男女，在狂风大作中这些人身上所穿的轻巧的衣服还是纹丝不动，这真是一件不可思议的事。在威廉三世（William Ⅲ）的卧室里，类似的场景还有很多，但是没有女王，而在他的更衣室里则有过多的裸童（amorini）②。

从泰晤士河上，人们能更清楚地看到那些装饰过的不同等级的烟囱，这一点是城堡最为突出的特色。还有一道壮丽辉煌的城墙，毗邻霍姆公园（Home Park），但是汽船跑得太快了，大都会

① 安妮女王（1665—1714），英国女王（1702—1714），斯图亚特王室最后一代君主。她是英王詹姆斯二世的次女，威廉三世的妻妹，威廉去世后继承王位。

② 裸童（putto）是常见于神话、宗教题材绘画和雕塑的胖乎乎的有翼裸体男童，文艺复兴和巴洛克时期尤为多见。在希腊罗马艺术中是爱的形象的体现，到十五世纪的意大利绘画逐渐用于描绘小天使。十五世纪后期古典神话题材复兴，这一形象通常被用来描绘爱神丘比特——称为amorino（复数amorini）。

的水利工程很快就将都铎王朝①甩在了脑后。

这一章比较短，但正如我所说，汽船跑得太快了。

---

① 汉普顿宫是都铎王朝宫殿。

24

过了金斯顿（Kingston），我被迫上岸，转为陆地生物。要不是战争爆发，我会一直待在水上，乘拖船、汽艇或轮船，直到蒂尔伯里（Tilbury），再去看那些驶向世界另一端的远洋班轮。

我从蒂尔伯里起航过两次。当你意识到自己在移动，而且是实实在在地航行在大海上，这是多么美好的时刻。从薄雾中回眸，几乎再也看不到刚刚被甩在身后的喧嚣。船一直向前，如此安静平稳，似乎感觉不到它在动；然后，就会有号角响起，宣告午餐时间到了。饭后回到甲板上，薄雾中呈现的风景愈发模糊而稀少。在船上的每一个小时，都让你远离世俗社会必须承担的责任，并且向蔚蓝色的大海更近一步。

对我来说，轮船通宵达旦地行驶有些可怕，这可能是因为小船总是在日落时分停泊。在远洋班轮上，每天早晨我们都会发现自己日益趋近南方了。脚踩在甲板上，还有手握栏杆的那种感觉，令我感到万分喜悦。烟囱和船上其他部分的金属相互之间不协调。我从来都不信任帆布躺椅。船舱闻起来总有油漆味，公共大厅里又都是空调的空气。但是船的甲板像桌子一样平坦，海鸥在头顶上方鸣叫，船的索具在风中发出歌唱一般的声音，旋转的泡沫在船的身后形成一道长长的白色痕迹——当其他一切都烟消云散，只有这些记忆在我的脑子里不断回旋、激荡。

但要是我到不了蒂尔伯里，我至少可以先到基尤（Kew）。在基尤的暖房中，有番木瓜、杧果、鸡蛋花、木槿，充溢着热带丛林那种热热的、甜甜的气息。还有椰子、面包果、露兜树。露兜树的根从树干上伸出来，高出地面大约六英尺，甚至更高①。心灵手巧的波利尼西亚土著，过去用露兜树来做大头棒。在树干长出树根的部位上下几英寸处下刀，将其砍下，树干做成大头棒的顶部，树根做成把手。

在太平洋的那些岛屿上打架一度很流行，但我在此环游时没看到过一场争斗。在处理这类事情时，当地人会举行一种非常严格的仪式，尤其是岛屿以西的人们。如果有人要去杀死他的敌人并打碎对方的头盖骨，他妻子断不能安于后厨而任人耻笑。不过，大头棒的把手部分是要将人敲得失去知觉，而头上那个擦得特别亮的尖端（见插图）只要在脑壳的骨头间轻轻一拍，就能给人致命一击。

如今，在塔希提岛再也没有这样的争斗了。所有的人都像兄弟一样友爱、和谐。露兜树的主要用途变成了做帽子，它的树叶也可以用来做屋顶。

---

① 露兜树属（*Pandanus*，screw pine）植物树形独特，树干和树枝上生出气生的支柱根，而主根常腐烂消失。

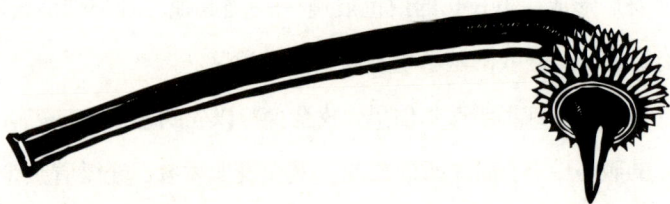

岛上居民为克服工具短缺而想出的另一办法是，将铁木的根整形为最适合做鲨鱼钩的弧形。移除铁木生长的悬崖一侧的土壤，把幼小的树根弯成所需的形状，并将其固定，然后再将土回填。几年后，铁木的根已经长得很结实了，就可以从树上把它砍下来了。之后，去掉根上长得较软的部分，装上一个硬的尖头，鲨鱼钩就做成了。听说，人的小块胫骨最适合做这尖头。

我想我对那些岛屿最深刻的印象是有一天晚上，在一个离陶蒂拉（Tautira）——罗伯特·路易斯·斯蒂文森（Robert Louis Stevenson）曾在此居住①——不到几英里的香蕉园，这一地区的女孩子们都在为首都的年会庆典而排练舞蹈。没有灯光，只有月光和一些火把。音乐伴奏则来自一个用椰子树做的大鼓，还有几节竹子，后者用锤子敲打。姑娘们穿着草裙，戴着花环，在沙地上赤足跳舞。

---

① 罗伯特·路易斯·斯蒂文森（1850—1894），苏格兰诗人、小说家和散文家。作品风格独特多变，代表作有《金银岛》（1881）、《绑架》（1886）、《化身博士》（1886）等。一八八八年携家至南太平洋群岛旅行，拜访了诸多岛群。一八九〇年十月定居萨摩亚岛，直至去世。

我们英国人只会去思考这些舞蹈动作显而易见的含义，但是对跳舞的人来说她们要关注的是另一码事，明确的规则和绝对的准确，这才是更重要的。要达到这样的要求，就必须进行严格的训练。那天晚上，同样的韵律一遍又一遍地重复，就像是那些最冷酷无情的芭蕾舞教练所要求的那样。不达到完美，排练是不会停下来的。

你曾经见过在有月光的晚上，当空中没有一丝微风，植物完全静止不动时，香蕉树上那些大而平的叶子会翻过来吗？这样的自然现象我没找到合理的解释。它翻过去又翻回来，像是在叹息。土著居民告诉我，发生这种状况是因为有神灵经过。

基尤的水当然是来自泰晤士河，每一种在基尤繁茂生长的奇异植物在泰晤士河边也同样繁茂。国外引进的鸭子也是一样的，林鸳鸯、鸳鸯和日本水鸭（Japanese teal），它们在泰晤士河上生机勃勃；也正是在这条河上，丰满的白色艾尔斯伯里鸭（Aylesburys）在克利夫顿汉普登游来游去，圆胖的家鹅把羽毛脱落在拉德科特桥（Radcot Bridge）边。之前我没有提到这座桥，它是泰晤士河上最可爱的一座桥，而且我相信也是最古老的一座①，但是人们很容易错过它，因为河道因为一个"裂口"而转向了。

---

① 这座桥位于牛津郡的拉德科特，始建于一二〇〇年左右，屡毁于战火，今日所见系重建。下文所谓因"裂口"河道转向，则系开凿连接泰晤士河与塞文河的运河所致。

"不要盯着这位好笑的先生看，奥雷斯（Orace）；看这些鸟，它们多有趣。"一位基尤花园（Kew Gardens）的游客说，他的小儿子对我的画表现得过于着迷了。

从基尤格林（Kew Green）出发，"那里有令人赏心悦目的房子"，我沿着格林旁斯特兰德（Strand-on-the-Green）① 散步。房子的确很可爱，但河水却很脏。还是说说神圣的恒河吧。奇西克（Chiswick）这里跟泰晤士河可真是两样，孩子们在啤酒一样颜色的水中洗浴、游泳，水面上漂浮物厚得都能开辟一个新大陆了。

---

① 格林旁斯特兰德，曾名 Stronde，Strand Green，Strand under Green，位于伦敦西部的奇西克，在泰晤士河北岸，以风景如画著称。该地有一条同名的街道。

可爱的泰晤士河轻轻地流

这里有潮涌，人们在此所能看到的大多数船都是要出海的，它们像鸭子一般浮在水上，融入其中。内河小艇和平底船则像水龟一样在水面上滑动。

我喜欢这些有大肚子的船。虽然要想去河边任意一个地方，走路或坐车是更快的交通方式，但总有一些地方你用其他交通方式都无法到达，你只能依靠这些海船，而这就是造它们的目的。

在奇西克附近，拖船在上下游来回跑。这是真正的牛鼻式拖船，它的任务就是拖拉那些沉重的满载的驳船。在奇西克之后，我去了切尔西。在这里，"夜间的薄雾为河岸蒙上了一层面纱，增添了一股浪漫的诗意，而那些破旧的建筑则在暗淡的天空下遁于无形。高高的烟囱看起来像钟楼，大商店则成了黑夜中的宫殿。整个城市如同悬浮在空中，仙境就在我们眼前"。

上面这段话出自惠斯勒（Whistler）《十点钟演讲》（*Ten o'clock Lecture*）①。还是在这篇文章中，他说："自然包含了构成所有图画的基本元素，不论是颜色还是形式，正如键盘包含了音乐的所有音符。但是艺术家的任务是去挑选、抉择，将这些基本元素与科学关联起来，如此，最后创作出来的成果必然是美妙的——正如音乐家搜集音符，形成他的和音，最后他从一堆音符中创造出

① 惠斯勒（James McNeill Whistler，1834—1903），美国著名画家。作品风格独特，富装饰性和东方趣味。长期侨居英国，曾创作大量以泰晤士河为主题的油画和铜版画。他在《十点钟演讲》（1885）中提出的"为艺术而艺术"，对欧美画家影响甚巨。

壮丽而和谐的音乐。若是对画家说，完全按照自然本来的样子去汲取材料，那就如同对演奏者说，他可以坐在钢琴上弹奏。"

就是这个惠斯勒，还永久性地确立了一条规则，即任何专家都有权收取超过一般标准的酬劳。在法庭上，当法官问他只付出两天劳动便收取两百畿尼是否合理，他这样回答："不合理；因为我付出了穷尽一生方才获得的知识，却只收取两百畿尼。"

"切尔西"这个词语包含着一种诱惑力，它与"蒙马特尔"（Montmartre）或"蒙帕尔纳斯"（Montparnasse）有一种相同的气质。当然，这或许是我的联想。离开切尔西之后，命运将我引向了乡下的一个村庄，在那里网球是最重要的娱乐活动。在一所房子中，我被要求用神圣的誓言来约束自己，在未来四到六个星期内的某一天出现在草坪上。那些誓言轻易不能打破。而到了该出现在草坪上的那一天，我就需要查看一份图表，上面会显示那天下午每个人的同伴，在什么时候搭档开始合作，什么时候这种合作又应该结束。图表同时还显示，该和哪一位同伴去喝茶，并且精准到具体哪一个小时去进行这种绅士活动。不管怎么说，这份图表缺少我在娱乐活动中所渴求的那种自发性。我很乐意在切尔西保留一个临时住所。

说到住处，就要说到我的朋友查尔斯·斯潘塞（Charles Spencer）和他的妻子克劳德·普雷斯科特（Claude Prescott）。这是一对很友善的夫妻，丈夫很有头脑，思维总是很精密。大概十年前，切尔西发大洪水的时候，有位警察在大清早重重地敲查尔斯家的前门，被叫醒的查尔斯去开门，门刚一打开洪水就淹到了他的脚。警察站在外面的人行道上，水已经没到膝盖。"哎呀，先生，河里发大水了！"他气喘吁吁地说。

"我想，是泰晤士河？"查尔斯说，眼睛亮闪闪的。

他还非常诚实。我提出借用他们的一个房间，之后我们一起讨论了此举对我们双方可能存在的所有利弊，讨论的结果完全令人满意，最后我问房间附近噪音大不大。

"我亲爱的朋友，噪音大得吓人。"他说。

尽管如此，我还是住进了那个房间，而且住得非常开心。

切尔西之后，没几里就到了黑衣修士桥（Blackfriars Bridge），在它附近停靠着"发现号"（Discovery）。它的船身黑黑的，系在河堤上，不是很显眼，很容易被人错过。但是只要花三个便士，游客就可以登船，走上甲板，当年斯科特（Scott）①和沙克尔顿（Shackleton）②曾站在那儿，度过很多个漫长的日夜，并开启他

---

① 罗伯特·福尔肯·斯科特（Robert Falcon Scott, 1868—1912），英国海军军官和探险家。指挥了两次南极洲探险（1901—1904，1910—1913）。第二次探险成功抵达南极点，但比挪威探险家阿蒙森（Roald Amundsen）晚了一个月。回程遭遇极端恶劣天气，冻死暴风雪中。被推崇为国家英雄，遗孀被授予爵士。

② 欧内斯特·亨利·沙克尔顿（Sir Ernest Henry Shackleton, 1874—1922），英国海军预备役军官和探险家。曾参与斯科特的第一次南极探险，后来又领导过三次南极探险，死于最后一次探险伊始。一九〇七至一九〇九年那次，探险船为冰所困，队员不得不在麦克默多海峡的罗斯岛过冬。这次探险，沙克尔顿几乎抵达南极点。

们前往南极洲的首次旅行。在麦克默多海峡（McMurdo Sound），"发现号"被冻结，长达两个冬天不能移动。两英寸厚的侧舷和八英寸的实心艏顶住了冰川的挤压。它的锚一次次沉入冰海，进入之前从未有人探索过的海底。在甲板之下，游客可以看到当年那些人住过的船舱和在上面睡眠、做梦的床铺——不用说，船舱里是有炉火的，像在家中一样。

在全体船员中，有两个人虽然远没有船长斯科特那样有名，但也值得一提。他们的名字分别是威廉·拉什利（William Lashly）和汤姆·克林（Tom Crean）①，两人都参与了一九〇一年的首次探险，并在一九一〇年乘"特拉诺瓦号"（Terra Nova）再赴南极。这两个人和海军上将埃文斯爵士（Sir E. R. G. R. Evans）①是最后看到斯科特船长和他的那支团队的人。

乘"特拉诺瓦号"再次探险时，拉什利四十三岁。他曾在海军舰队中担任司炉，斯科特对他有这样的描述："有些人拒绝承认生活中有真正的困难，身边能有这样的人一起工作真是太妙了……以全副精力勤奋工作，安静，有节制，坚定果断。"

拉什利和另外两人组成最后的支援队，支援那些冲击南极点的人——他们成功抵达却不幸丧生②。

拉什利保存了当时的日记。与斯科特船长分开前的几天，他开始记日记，最后一次日记则是他们最终到达营地的那一天。该日记最初发表在彻里-加勒德（Cherry-Garrard）先生的《世上最糟糕的旅程》（*The Worst Journey in the World*）中③。拉什利的日记始于一九一一年的圣诞节：

① 爱德华·埃文斯（Edward Evans, 1880—1957），英国海军军官和极地探险家。参与了斯科特的两次南极远征。一九三六年晋升为上将。
② 斯科特计划和一个四人小组冲击南极点，所以不断减少探险队成员。一九一二年一月四日靠近南极点时，斯科特宣布了名单：威尔逊（Edward Wilson, 1872—1912）、鲍尔斯（Henry Bowers, 1883—1912）、奥茨（Lawrence Oates, 1880—1912）、埃文斯（Edgar Evans, 1876—1912）和他自己，抵达南极点的这五个人最终死于极寒；其余三人奉命返回营地，途中爱德华·埃文斯患坏血病，得拉什利和克林救助而生还。
③ 彻里-加勒德（Apsley Cherry-Garrard, 1886—1959），英国极地探险家。《世上最糟糕的旅程》（1922）以亲历者的身份记述了斯科特著名而不幸的第二次南极探险。拉什利的日记一九六九年公开出版。

今天是圣诞节，而且是非常好的一个圣诞节。我们在一个复杂的路面上行进了十五英里……我不幸落空，但快要滑落时被拉住了。这种感觉当然一点都不好，尤其是因为今天还是圣诞节，是我的生日……埃文斯先生、鲍尔斯（Bowers）和克林将我拉出来，克林祝福我今天能得到很多愉快的回报，当然我很有礼貌地向他表示了感谢。

他们艰难地走了三百六十英里回到营地，其间还将生病的领头人埃文斯放在雪橇上，拉了九十英里。拉什利的最后一篇日记这样写道：

埃文斯先生一切都好，他睡熟了。我们现在期盼能有一封信。真有意思，人们总是会期盼什么东西，现在我们安全了。

两年前我给拉什利写信，他回复我：

日记都是我拉运了一天东西之后草草写下的。虽说在艰苦跋涉时每天都有很多的意外突然出现，但我记不下这么多。我们只有凭借着对上帝的信仰，相信他会给予我们力量，让我们去完成被交付的任务，并且将埃文斯上尉安全地带回去。

这个任务很艰巨，但是我们为此所做的一切都是值得的。

在另一封信中他这样写道：

我一直在浏览我那些粗糙的记录，发现没有什么可补充的，斯科特船长的南极探险记录已经出版。那时我们还在一起。后来，在一九一二年一月四日，我们跟斯科特船长的南极点冲锋小队告别，之后的事情我们只能从船长的记录得知①。我们要走七百五十英里返回营地，不过我的日记开始于我们从北部出发的时间。我们一行有三人：领头人埃文斯上尉，领航员克林，还有我。第一周是克林带路，但是很不幸，由于受雪盲症折磨，他经受了剧痛。带路的任务因此就落到了我身上，这个任务一点都不轻松，你知道，前方什么都没有，只能看得见雪。我必须感谢上帝，让我在一片茫然中保持了清醒。很遗憾，如今的年轻人不知道有些人曾经这样为生命而搏斗，我怀疑可能没有人再愿意做这样的尝试。应该是没有了。但是只要是有什么突发事件，需要人们为自己的同胞做些什么，那我们就会发现总有这样的人存在，他们甚至不惜以生命为代价。而这就是英国人。

---

① 一九一二年十一月十二日，搜救队找到了遇难者的遗体、采集的地质标本，以及斯科特的记录和日记。

去年四月，他又一次写信给我："我们这些人现在所剩无几了，事实上我是最后一个自始至终参与了斯科特两次探险的人。"他的意思是说他是唯一一个先后乘坐"发现号"和"特拉诺瓦号"深入南极探险且尚在人世的。克林死于一九三八年八月。拉什利给我的最后一封信，日期是"一九三九年十一月二十九日"：

> 也许你会疑惑，为什么领头人在团队中的处境最差，但是你也清楚，前方没有什么东西能帮助我们摆脱那片可怕的白茫茫。有时你根本无法看清你的脚步；眼睛和神经是最难受的了，时刻都处于紧张状态。你还得时刻记着，必须设法找到任何一口食物；必须照看好你的补给；不能有什么损失，否则你就完了。我最近身体不是很好……

几个月后，拉什利去世了。

他的日记是史诗性的写作，在它面前，我这些记录泰晤士河的文字显得太渺小了。

泰晤士河上的罗伯特·吉宾斯和"垂柳"，1939年。